U0061425

描寫文

我要寫好

作文教室系列

中華教育

□裝幀設計：www.keidesign.com.hk
□責任編輯：王書文
□策　　劃：王書文

作文教室——我要寫好描寫文

□
主編
中華書局

□
出版
中華書局（香港）有限公司
香港北角英皇道499號北角工業大廈一樓B
電話：（852）2137 2338　傳真：（852）2713 8202
電子郵件：info@chunghwabook.com.hk
網址：http://www.chunghwabook.com.hk

□
發行
香港聯合書刊物流有限公司
香港新界荃灣德士古道220-248號
荃灣工業中心16樓
電話：（852）21502100　傳真：（852）24073062
電子郵件：info@suplogistics.com.hk

□
印刷
深圳中華商務安全印務股份有限公司
深圳市龍崗區平湖鎮萬福工業區

□
版次
2007 年 9 月初版
2022 年 6 月第 2 版第 4 次印刷

□
ISBN：978-962-8930-50-0

目錄

2006

序一

快樂的《作文教室》

小學生苦着臉說：「作文很難學啊！」

中文老師皺着眉說：「作文真難教啊！」

家長一臉無助地說：「我的孩子就是沒有寫作天份！」

在不同的閱讀和寫作講座上，不論小學生、老師或家長都不約而同地認為作文很難學，要學得好，就更加難上加難！小讀者常常問我：「你是如何寫作的？」

我笑着說：「要快快樂樂地寫啊！」

是的，寫作是一件很快樂的事情，那怕是寫一件悲傷的事件，只要能觸動讀者的心靈，寫的人和看的人一樣感到快樂，是一次愉快的情感交流，思想的共鳴。

寫作的基本功是大量閱讀、廣泛閱讀，還要涉獵不同體裁和風格的文章，吸取各種新知識。只要愛上閱讀，便有寫作的衝動，很自然地拿起筆來，把自己的思想和感情抒發出來，與別人分享。分享是寫作的最大樂趣。

但是，要作文寫得好，也要下點苦功，掌握不同文章體裁的技巧，才會寫出來得心應手，嚐到成功的喜悅。

目前，坊間的「作文好幫手」多得很，它們大都來自中國大陸或台灣，香港本土的作品很缺乏。因此，十分感謝中華書局，給我們開闢了四個《作文教室》，分別是記敍文、描寫文、實用文和創意寫作，共有123篇小作者的習作。他們的作文老師功力深厚，從「點評」中，讓我也學到不少寫作的「秘訣」。我深信小學生也會像我一樣，急不及待地要進入這四個《作文教室》，把作文學好。

好吧，就讓我們一起走進《作文教室》，快快樂樂地學好作文，好嗎？

嚴吳嬋霞

獲獎兒童文學作家及資深出版人
香港親子閱讀書會會長
香港書展「兒童天地」主席
香港兒童文藝協會名譽會長
香港拔萃男書院（小學部）課程發展顧問
浸信會沙田圍呂明才小學兒童文學顧問

序二

人與人的溝通，通常需要用說話和文字去表達，所以要達到「善於溝通」的目的，文字的表達能力是十分重要的。在本港，兩文三語的溝通能力更是學生的主要學習目標。

中文科是本港核心課程中的主要科目之一，因為通過學習中文科，學生能掌握中文的聽、說、讀和寫的能力。

以前，當我還是小學教師的時候，批改學生作文是一樁苦事。他們常犯的錯誤，包括文不對題、內容空泛、錯別字連篇或文句欠通順等；而學生作文最大的缺點就是內容空泛、言之無物、味同嚼蠟。究其原因，是因為他們腦海裏可以寫的東西極為貧乏，那麼，就算他們怎樣搜索枯腸，也不能寫出一篇像樣的文章。

其實，學生要懂得運用文字溝通和表情達意（寫作），首先，他們一定要多聆聽、多閱讀、多觀察、多欣賞，這樣，他們腦海裏便自然有大量可以寫或可以表達的內容；其次，把握寫作方法、寫作技巧，多寫作、多發表，以上寫作的缺點便會逐漸減少；最後便可以達到文字上「善於溝通」的目標。

《作文教室》是中華書局一套給小學生閱讀和參考的書籍，它不但搜羅了不少小學生佳作，而且每篇作品都附有「設題背景」、「寫作練習背景」、「點評與批改」、「總評及寫作建議」、「詞彙百寶箱」、「精句收集屋」和「寫作練習坊」。在閱讀每篇作品的時候，讀者可以了解小作者寫作的背景、寫作方法和寫作技巧、優點、缺點……所以它不僅是小學生一套上佳的寫作參考書籍，也是一套值得閱讀的書籍，更是一套可以自學的工具。希望讀者們多看多寫，那麼，寫作便是一件樂事了。

張志鴻

香港資助小學校長會主席

油蔴地天主教小學（海泓道）校長

1 朝霞

學校：協恩中學附屬小學
年級：小六
作者：吳子瑤
批改者：本校老師

設題背景

學習以時間為序，描寫景色，並借景抒情的描寫手法。一般，大自然中的現象多能成為這類題目的寫作素材。

寫作練習背景

1. 觀察力和想像力結合，多層次的描寫，使讀者身歷其境。
2. 細節的描寫，可以引人入勝。

我愛看朝霞。我愛它變化多端，瑰麗無比。

露出曙光前的朝霞就像初春禾苗吐出芽兒。夜空中的繁星在它淡黃淡黃的彩霞上閃耀着，就像片片禾苗上綴上了丁丁點點的小花。晨曦又像蛋糕一樣，給人軟綿綿、香噴噴的感覺，我恨不得一口把它吃掉。

- 顏色描寫及比喻的運用，令朝霞的變化具體鮮明，讓人彷如身在其中，欣賞朝霞。

晨光初現，朝霞在一瞬間變成了橙黃色的波浪，隨着那浪花湧來，立刻又向四面八方散開。橙黃色的浪花，一下子被沖淡了。它變成一層薄薄的面紗，輕輕地罩着天邊的一角，就像一個少女站在街角害羞地微笑。橙紅色的光芒在天際出現了，為這嬌滴滴的少女抹上胭脂。

- 描寫細膩，能仔細描寫朝霞幻變的色彩。
- 此句前後矛盾。晨光變成面紗，後來怎又變成少女？可改為「它變為一層薄薄的面紗，輕輕地罩着像少女一樣的清晨，使她站在天邊一角害羞地微笑。」，則將清晨比喻為少女就通順了。

這時，天空中的光芒絢爛耀眼，時而紅、時而紫，映照在海面上，變成了一幅醉人的山水畫。樹枝上黑得烏亮的小鳥被比下去，只顯出暗淡的灰色。牠心有不甘，努力唱起晨歌，要人們好好注視牠一下。

- 色彩描寫得傳神。
- 善用擬人法，生動地描寫小鳥引人注目的動態。

小鳥的晨歌真的把大地喚醒了。為了避過小鳥的風頭，天空有一陣子變得灰淡了。但是短暫的灰淡過後，天空卻一下子變成火紅，太陽從地平線上升起來，發出萬丈光芒。大地真的醒來了，鳥兒叫呀叫，蟲兒鑽呀鑽，樹枝搖呀搖。為

- 透過小鳥的晨歌，告知讀者太陽快升起，朝霞快被太陽掩蓋。
- 描寫得生機盎然。

要抓住這短暫的美景，我趕緊拿起攝影機，捕捉朝霞最後的色彩。

「一日之計在於晨」，朝霞的光芒總給我帶來希望。每個大清早看着朝陽，迎接新一天的開始，我的心情總是豁然開朗，因為這朝霞正帶領我渡過美好的生活。

透過觀看自然現象，領悟對生活應有的態度，使文章更有深度。

淡黃色的光彩，正是我一天生活的開始；橙黃色的波浪，象徵着圍繞着我的親情和友情；灰色暗淡的天空，是我偶然遭遇的挫折。當然，在努力克服困難之後，生活就會像彩霞一樣，發出燦爛的、美好的光輝，更加好像紅紅的太陽一樣發熱發光。

朝霞雖然美麗，但它是短暫的，像時間一樣來去匆匆。每當想起令人陶醉的朝霞，我總會抖擻精神、專心致志做好每天的工作，朝着自己的目標奮力進發。

朝霞的啟示讓小作者懂得把握光陰，藉景抒情，回應了小作者愛看朝霞的原因，也擴闊了文章內容的深度。

朝霞不但美，它還帶給我一個非常重要的啟示，我真愛朝霞。

這是一篇描寫文，寫景之餘亦帶出了朝霞背後的啟示，讓文章更具深度。

吳同學筆下的朝霞，變化多端，善用詞彙，更能透過比喻手法描寫朝霞的色彩，也運用了擬人法生動描寫小鳥要引人注視的情態。「橙黃色的波浪，象徵着圍繞着我的親情和友情；灰色暗淡的天空，是我偶然遭遇的挫折。」回應了小作者愛看朝霞的原因，也給讀者留下思考的空間。然而，若能把抒發感想的部分構成一段，相信更有一氣呵成之感。

另外，須注意語句內容上的相互關係，避免出現內容相矛盾的句子。鍛煉邏輯思考能力，不僅對寫作有幫助 ，對其他科目學習成績的提高也會大有裨益。

文學是抒發內心的工具，多觀察、多思考是寫好文章的不二法門，若同學在生活中多體會，多思多想，相信文章的內容會更具可觀性。

變化多端	瑰麗	絢爛	豁然開朗	彩雲滿天
五彩斑斕	嫵媚多姿	嬌羞	翻滾	翩然起舞
綺麗	瞬息萬變	壯麗	紅光萬道	和煦　華美

- 從窗外射來的第一束霞光，報導了黎明的來臨。
- 五彩斑斕的霞雲，在和煦的微風中翩然起舞，將黎明的天空妝扮得嫵媚多姿、絢麗華美。
- 太陽一下子跳出來，瞬間紅光萬道，光明使者驅逐了黑暗，主宰了大地！

寫作練習坊

1. 我愛晚霞，她變化 ________________，五彩 ________________，將大地妝扮得壯麗多姿。

2. 清晨，________________ 的朝霞映紅天邊，________________ 的微風輕拂面龐，我心情亮麗地欣賞着大自然的這一美景。

2 荷花池

學校：協恩中學附屬小學
年級：小五
作者：潘嘉穎
批改者：本校老師

設此類題目鍛煉學生觀察力：觀察事物的整體，抓住主要特點；觀察事物的局部，抓準具體特點。

1. 捕捉事物的特點進行描寫。
2. 擬人化的描寫。

我走到了荷花池前，沿着池邊慢慢地坐下，享受着眼前的幾分清靜。就在這時候，一陣微風吹過，令那原本波平如鏡的池面泛起了陣陣漣漪。原本亭亭玉立的荷花，經過微風的撫摸、慰問後，有的含羞向我點頭、鞠躬；有的則在拚命地招搖若市，生怕別人看不見她的美麗。

點評與批改

- 開門見山，直入主題，闡明寫作意圖，為下文的描述作出鋪墊。善用擬人及對偶，突顯荷花遇上溫柔親切的微風後，產生兩種截然不同的反應：有的彬彬有禮，有的生怕不被發現。
- 無「招搖若市」一詞，應為「招搖過市」。而此處將「招搖若市」改為「招搖」來形容荷花才妥貼。

過了沒多久，微風慢慢地停止了，池面再次恢復平靜。我凝望着那明亮平滑的池面和那亭亭直立的秀麗荷花，一幅美麗的圖畫在我的腦海裏慢慢地浮現……

- 平靜的池面及亭亭直立的荷花，引發小作者的遐想。

清雅的荷花，變成了一羣身披粉紗的妙齡仙女；翠綠的荷葉，變成了讓仙女們坐的「豆袋椅」；平靜的池面，變成了「大理石地板」。你們知道這些「仙女」在做甚麼嗎？有一些「仙女」正在舞動身軀，活像一羣花枝招展的傲慢姑娘；有一些「仙女」正懶洋洋地躺在「豆袋椅」上，給人一種昏昏欲睡的感覺；有一些「仙女」則在「大理石地板」上一面漫步，一面説着悄悄話……

- 能夠抓住荷花、荷葉及池面的特點進行描繪，包括顏色（如「粉」、「翠綠」）、形狀（如「豆袋椅」、「大理石地板」）、姿態（如「一羣……仙女」）等，善用擬人及比喻，把各種事物刻畫得栩栩如生；以排比羅列荷花的種種神態，觀察入微。

這時，一陣和暖的春風輕輕地吹來，我看着，看着，彷彿看見一條金色的鞭子，在池水中飛快地閃動。哈，原來是一尾可愛的金魚在游泳，還以為是甚麼妖怪，真是虛

- 把游魚比作在池中飛快地閃動的金鞭，燦爛奪目之餘，亦富動感。穿梭於現實與虛幻之間，心理描述頗細緻傳神。

驚一場！我突然想起了許多關於荷花的神怪故事，心裏不覺抖了一抖，並不由自主地退後了好幾步。後來，我才發覺自己是多麼的可笑，竟然把這些由古人虛構出來的故事看成是真的。於是我才又安心地沿着池邊坐下來，繼續欣賞清雅脫俗的荷花。

● 此處至少應清楚寫出一則「神怪故事」的內容，讓讀者明白小作者為何而害怕，否則此段內容會讓人感到不明不白。

總評及寫作建議

小作者能夠抓住荷花池景物的特點，依次進行具體描繪。本文以小作者來到荷花池，享受眼前的幾分清靜作為開端；繼而以荷花池面及荷花隨着微風吹起、停止所產生的變化構成動、靜強烈的對比。描述景物於瞬間轉變，生動傳神。聯想力豐富，眼前景物與幻想世界交錯出現，引人入勝。

遣詞造句別具心思，巧用成語，令文章生色不少。其中以「清雅的荷花，變成了一羣身披粉紗的妙齡仙女」一句尤為出色，短短十九字已涵蓋了荷花的數量、顏色、外貌等方面，「身披粉紗」展示荷花素淡雅致的形象，而「妙齡仙女」除了突顯荷花年輕貌美的外表及嫵媚多姿的神態之外，更帶出它清雅秀麗的氣質。緊接其後的設問句直接拉近小作者與讀者之間的距離，令讀者在閱讀本文時仿如跟小作者談話一般，這種互動效果能夠增加讀者的親切感。其後以排比句列出自設的答案，環繞「仙女」、「豆袋椅」、「大理石板」來開展，回應上文之餘，亦把荷花的千姿百態活現眼前。此外，小作者運用了大量比喻、擬人手法來描述荷花，賦予荷花充沛的活力。

如能把「翠綠的荷葉，變成了讓仙女們坐的『豆袋椅』；平靜的池面，變成了『大理石地板』」這兩個分句稍加潤飾，給「豆袋椅」加上顏色，為「大理石地板」增添數量和修飾，必定更加工整。

文章內如引用故事和傳説，最好能清楚講明內容，否則會讓讀者費解。

描寫景物的目的是為了抒發對大自然或對美好生活的熱愛，如能把自己的感情融入文中，做到景中有情，情中有景，並借景抒情，引起共鳴，必更具感染力與吸引力。

描寫景物，就是把看到、聽到和接觸到的各種景物用文字描繪出來，以突出文章的中心，抒發小作者的思想感情。描繪時主要是突出景物的特徵，寫出此景與他景的不同，描畫出一幅獨具特色的風景畫。

描寫景物時，必須注意以下各點：

一、要抓住景物形狀、顏色、姿態等方面的靜態特點及景物發生變化中的動態特點，進行準確的描繪。

二、要抓住印象及感受最深刻的來寫，重點要突出，並且分清主次，做到詳略得當。

三、要按照一定的順序來描述：可按從遠到近、從上到下、從前到後、從左到右等空間順序，可按季節順序，可按「總、分、總」等寫作順序……順序描寫能使文章有條理，層次清晰。

四、寫景的目的是為了抒發對景物的思想感情，因此應把自己的感情融入文中，做到情景交融，借景抒情，以感動讀者，引起共鳴。

波平如鏡	漣漪	亭亭玉立	秀麗
花枝招展	婀娜多姿	和暖	清雅脫俗
馨香	蓓蕾初綻	含苞待放	素淡
一枝獨秀	姹紫嫣紅	沁人心脾	雍容華貴

- 接天蓮葉無窮碧，映日荷花別樣紅。（宋詩《曉出淨慈寺送林子方》摘句•楊萬里）
- 花海中最吸引我的還是婀娜多姿的菊花，它們有的像噴放的煙花，有的像騰躍的浪潮，有的像傾瀉的瀑布。
- 清雅脫俗的水仙花散發出一陣陣沁人心脾的馨香，使人心曠神怡，給人特殊的享受。

寫作練習坊

1. 玉蘭花雖沒有牡丹的 ________________ 華貴，卻擁有清雅 ________________ 的美，而且奇香四溢，花氣 ________________ 心脾。

2. 我喜歡山茶花，它們美麗極了，盛開時，花枝 ________________，有紅的、白的、粉的、紫的，真是 ________________ 嫣紅，色彩繽紛。

3 金黃色的偶遇——中上環

學校：協恩中學附屬小學
年級：小六
作者：鄭樂孜
批改者：本校老師

設題背景

學生對身邊的景物往往習以為常地忽略了，不一定能將自幼生長所處的城市或地區特色真實準確而又富有情感地描述出來，此題讓學生對自己日日往返之地做一清楚的描繪，培養學生對細部的觀察力和描摹力。

寫作練習背景

1. 鍛煉描寫地方景點特色的寫作手法，不能太籠統，要具體準確寫出景點的獨特之處。
2. 細緻地觀察，學習運用步移法等多種描寫方法。

習作正文

我偶然會在電視上看到一些有關中上環的新聞，亦從書中讀到關於她的歷史故事。就這樣，我不禁對中上環產生好奇……

點評與批改

- 首段直入主題，交代寫作文章的意向。

每逢週六我都到上環文娛中心排練中國舞，次次經過那裏，我都希望能沿途逛逛，感受一下每條大街小巷瀰漫着的那種古舊而親切的氣氛。聖誕節的前夕，我帶着那本記載着中上環歷史的書籍，來一次深情的漫步。

- 第二段點出描寫的地點，帶領讀者展開中上環之旅。

我緩緩地走到書中介紹的樓梯街，心想：本來平滑的麻石梯級，要經過多少個年頭、多少回風雨，才能變成現在這麼凹凸不平呢？因為石梯高低不平，參差不齊，當在上面行走時，我感到有點兒站不穩腳。幾代人都曾經在這石梯上走過——穿着唐裝的小孩在梯級上「猜樓梯」、留着長辮子的苦力坐在樓梯上吃午飯、頭上插着頭釵的少婦在女僕的陪伴下逛街……我彷彿看見童年時的爸媽在梯級上追逐嬉戲哩！縱使梯級是多麼殘舊，卻是昔日辛勞歲月的生活寫照。

- 第三段運用步移手法描述樓梯街所見景物，並從中穿插想像中的人物描繪，豐富了現實單調的畫面。

沿樓梯兩旁的鐵皮小檔攤密匝匝地排列着，擺賣着不同的貨色：

- 第四段觀察點轉換為兩旁的攤子，先以定點細描，跟着以對比法加強「舊」的感覺。

印章、中式絲帶紐釦、舊式拖鞋、銅鐵盛器……琳瑯滿目，很有香港風味，吸引了不少外國遊客前來遊覽。舊式的檔攤與現代化的摩天大廈一點兒也不搭配，形成強烈的對比，這會不會就是中上環的特色？

從樓梯街一直往上走，便是荷李活道。荷李活道兩旁有很多具特色的小商店，裏面大多是賣古玩和瓷器的，例如佛像、觀音像、唐三彩、瓷碗碟、手鐲、玉器……令人有走進時光隧道的感覺。文武廟就坐落在荷李活道，廟內供奉關聖帝和文昌帝的。進去參觀時，我發現裏面香火鼎盛，香案上插滿了粗細不一的香燭，煙霧瀰漫。廟宇裏的人有的搖籤問卜、有的跪在蒲團上誠心禱告，迴旋形的塔香掛滿天花，大概與從前的文武廟沒有兩樣。

- 第五段再次運用步移手法描寫文武廟一帶具中國傳統色彩的古跡，並通過摹形去細描廟內事物。

由荷李活道一直向前走，便到達全港最陡斜的路——鴨巴甸街。陡斜的鴨巴甸街果然名不虛傳，我

- 第六段觀察點再轉換，略寫歐陸式的古典建築甘棠第。

邊走邊喘氣，非常吃力，還不時感到眩暈呢！抬頭往上看，一座歐陸式建築物聳立在前，那就是從前的甘棠第，現在已改建為孫中山紀念館。

離鴨巴甸街不遠處，有一條目前世界最長的自動扶手電梯。這扶手電梯由中環直上至半山，總長八百多米。隨着扶手電梯徐徐上升，景物在兩旁逐漸消失，令人有一種高高在上的感覺。沿着扶手電梯直上，兩旁就是著名的蘇豪區(SOHO)。「SOHO」這名字全名是「SOUTH HOLLYWOOD」，兩字各取首兩字母，便成了「SOHO」。蘇豪區內有很多充滿外國風味的小型酒吧，它們的佈置非常特別，帶有一點神秘感，外面還設置座位給客人休憩，連我這個不懂喝酒的女孩也想進去坐坐。聽爸爸説，晚上的蘇豪區更加繁華熱鬧，酒吧裏聚集了很多愛夜遊的男女，他們大多把酒聊天，暢談心事。我看着想着，自己也彷彿幻化成他們中的一份子哩！

- 第七段描寫新建的扶手電梯及蘇豪區，與中上環的古老基調作對比。

傍晚時分，夕陽的餘輝照到街上，亦灑落在中上環的每一個角落，使所有事物都變得更加溫暖，更加親切。餘輝為中上環塗上一抹昏黃，我彷彿置身在一幀古舊發黃的照片中，回到昔日的香江歲月裏。

● 第八段作遠觀描寫，以昏黃為主調涵蓋整個中上環景致；最後把自己幻化成舊照中的一部份，帶出緬古情懷。

總評及寫作建議

本文以中上環風光作描寫對象，主要通過樓梯街、荷李活道、鴨巴甸街路旁的建築物及人物活動的描寫突顯「古舊」這主題。

文章的中後部分描寫新建的扶手電梯及蘇豪區，能反襯中上環的古舊調子。終結的一段作遠觀描寫，利用視覺色彩描寫總覽整個中上環景致，並以想像通過時空交錯跳入發黃照片中，能做到意在景外，其味無窮。

同學能按描寫的次序逐一交代中上環風光，亦大致能借景抒情；若同學對「老香港」有更深入的體味，把個人感受融情入境，想必更能引起讀者共鳴。

描寫文不易寫，做得不好就如流水賬，下筆前要多方細心觀察，內心對描繪目標存在情感，才能做到情景交融，寫出動人篇章。

同學年紀尚小，已掌握一些描寫的技巧，若日後多注意各名家的寫作手法，生活經驗漸豐，寫作中融入個人感情，文章必更具感染力。

瀰漫	琳瑯滿目	名不虛傳	風味
目不暇接	青瓦粉牆	比比皆是	眼醉心迷
眼花繚亂	林蔭小道	叮叮噹噹	熠熠耀眼
層層疊疊	寬敞	大街小巷	鱗次櫛比

- 小吃街上的攤檔鱗次櫛比，天南地北的小吃雲集在此，各有風味，令人垂涎欲滴。
- 古城的小路由碎石鋪成，早破已被磨得圓滑溜光，小路兩旁是青瓦粉牆；黃昏下的街景，特別令人眼醉心迷。
- 沿河有一條窄窄的小街，街邊擺賣的，都是小城特色產品，讓人愛不釋手。

寫作練習坊

1. 我被街邊 ________________ 的玩具吸引住了，特別是一款布偶貓，讓我 ________________ 。

2. 上環的樓梯街兩旁，擺滿了具香港 ________________ 的貨色，令人 ________________ 。

學校：油蔴地天主教小學
年級：小六
作者：伍尚熹
批改者：黃金枝老師

小學生描寫物件，多平鋪直敍，着筆於事物的外形。借物言志，是描寫文多用的手法，在描寫的背後，真正目的是抒發自己的感想，這樣文章才更具意義。設本題目正是要小學生掌握這一寫作手法。

寫作練習背景

1. 鍛煉對實物描寫的能力。
2. 在描寫中加入主觀的認識，借物抒發感想。

如果有人問我最喜歡哪本書，我會回答：「我的日記，它是我形影不離的好朋友。」

我的日記簿是一本藍色硬皮冊子，封面上寫着幾個燙金大字：「二零零六」，這象徵我將會有豐盛的一年。

- 直接切入主題。

在日記簿第一頁的上方寫了三個字「學做人」。這三個字彷彿在對我說：「你應該把你做錯的事銘記於心，這樣才不會重複犯錯，使自己的品格更接近完美。」

- 以擬人化的手法，插入自己對這三個字感想的描寫。
- 「銘」為別字，正確的應為「銘記」。

每天，我都會把自己學到的知識，從中國語文的內容到栽種技巧都一一記下來。我牢記校長曾經在週會時說過的一句話：「學海無涯，惟勤是岸。」並且將其寫在印有金光閃閃三字「求知識」的欄目中。

在日記簿的每一頁上，都有一句名人的話或座右銘，作為我人生的榜樣，我總愛為這些句子配上色彩斑斕的圖畫。

- 話語或座右銘不是人，不可作為「榜樣」，應改為「鞭策」。

在寫日記時，我總會對當天發生的事作出反思，翻看日記時亦會重溫那些甜、酸、苦的事件，這是我寫日記的原因，於是這本日記簿也就成了我最喜歡的書本了。

- 說明自己寫日記的原因和喜歡這本日記的原因，回應首段。

小作者以深沈的感情、活潑生動的語言，充滿童稚以及真實的感受，勉勵自己及別人要在成長中發憤學習，踏踏實實做人，以「學做人」、「學海無涯，惟勤是岸」等話語，抒發自己的感想，這種內心的感受很值得和讀者分享。

小作者應注意遺詞用句的準確性，小心錯別字的問題。讀書學習時多翻查字典，對作文水平的提高會有莫大之幫助。

形影不離	豐盛	銘記	浮現
金光閃閃	色彩斑斕	反思	重溫
造型精美	實用	愛不釋手	形狀各異
精細	伴隨	心馳神往	別緻

- 書山有路勤為徑，學海無涯苦作舟。（治學名聯）
- 心愛的日記本伴隨着我成長，從薄到厚，從一本變為三本，記載了我小學六年的學習生活經歷。
- 五歲生日時，媽媽送給我一個可愛的布製娃娃，它手工精細，造型別緻，令我極之鍾愛。

1. 我將「＿＿＿＿＿＿＿＿，學海無涯苦作舟」這句治學名聯作為座右銘，鞭策自己用功學習。

2. 我有一套造型＿＿＿＿＿＿＿＿、形狀＿＿＿＿＿＿＿＿的木偶娃娃，是我的好朋友嘉美去日本旅遊回來帶給我的手信。

5 我最珍惜的人

學校：油蔴地天主教小學
年級：小六
作者：黃鈞祺
批改者：黃嘉美老師

設題背景

設本題鍛煉學生對人物正面及側面描寫手法的掌握。

1. 肖像描寫。
2. 描寫人物的能力。

我最珍惜的人，就是那個鼻樑上架着一幅眼鏡、臉蛋左邊有一個酒窩、嘴巴經常掛着微笑、而且有着一對神采奕奕眼睛的人。

我很愛惜他，無論他上學、玩耍，甚至上洗手間，我都會在他旁邊保護他，儘量不讓他受一點兒傷。

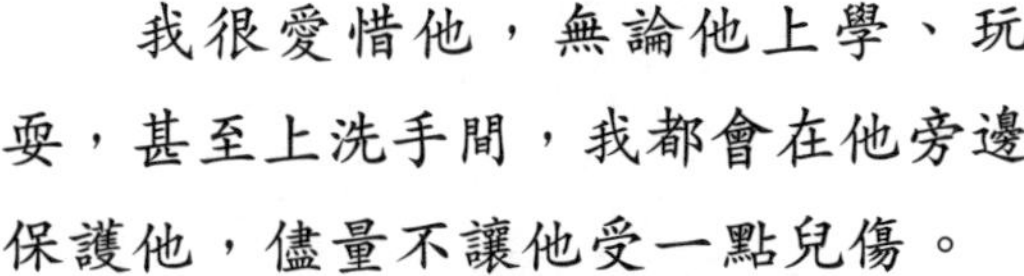

記得有一次，他到公園踏單車，

點評與批改

- 以第三身的肖像描寫，切入主題。
- 形容眼鏡的量詞不可用「幅」，應用「副」。

原本一切都很順利，可是當他離開的時候，因為貪玩而在單車路旁飛快地踏車衝向前方，結果撞向磚牆，更被單車的鐵線刮傷，在膝蓋上留下了一條深深的疤痕……當時我很內疚，責怪他太不小心因而受傷。

還有一次，他測驗成績壞透了，回到家裏，他只懂把頭埋在被窩裏，還想：現在哪有面子？可是，當我幫他細心分析了失敗原因之後，就鼓勵他要振作，「下次要努力溫習！」我對他說。

他是誰？他不是我的弟弟，也不是我的妹妹，又不是我的朋友，而是和我形影不離的人——我自己。

● 結尾轉折，說明描寫的人就是自己，既回應了首段，又給人有意外之感。

文章通順流暢而富創意，最初從第三身描寫，讓讀者以為作者所珍惜的是其朋友家人，但在結尾卻筆鋒一轉，說出「這人」便是自己。同時，在描寫的過程中，小作者懂得運用例子去具體描述自己怎樣珍惜這人，不但活潑生動，還讓讀者留下深刻印象。

小作者須注意用詞用句的準確性。

神采奕奕	其貌不揚	身材瘦小	濃眉大眼	一表人材
沮喪	眉開眼笑	心花怒放	揚眉吐氣	白淨
伶牙俐齒	活潑開朗	性格直率	沈默寡言	

精句收集屋

- 阿寶不僅長得一表人材，而且性格活潑開朗，是大家的「開心果」。
- 水有深淺，人有長短。（熟語）
- 花美在外面，人美在心裏。（熟語）

寫作練習坊

1. 我的妹妹嘉美長得很 ______________，講話 ________________，性格活潑開朗，很惹人喜愛。

2. 別看阿明 ________________，卻有一副熱心腸，非常愛幫助人。

我的校園

學校：油蔴地天主教小學
年級：小六
作者：丘安盈
批改者：謝鳳英老師

校園是學生學習和成長的主要場所，是最適合學生用來描寫景物和表達情感的寫作素材之一，擬設本題鍛煉學生描寫景物的能力。

1. 對比的寫作手法，使文句生動鮮明。
2. 提高對熟悉景物的描寫能力和掌握場景氣氛描寫方法。

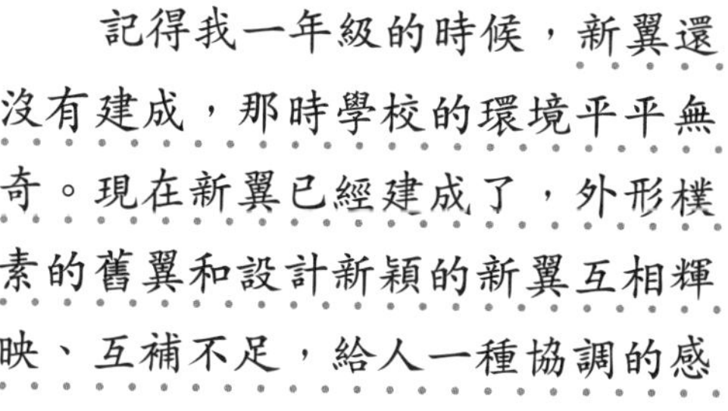

我就讀於油蔴地天主教小學，校舍的面積雖小，但是學校各方面的表現卻非常突出。

● 首段點出描寫的主題。

記得我一年級的時候，新翼還沒有建成，那時學校的環境平平無奇。現在新翼已經建成了，外形樸素的舊翼和設計新穎的新翼互相輝映、互補不足，給人一種協調的感

● 以新舊對比的手法，將新、舊翼的情況描寫出來。

覺。去年新建成的聖母山，純潔的聖母屹立於翠綠的山上，還有那潔淨的泉水像瀑布一樣流下來，高貴又美麗，真是漂亮極了！

● 描寫泉水的句子生動引人。

踏進小聖堂，首先呈現在我們眼前的是鮮紅色的木門，隨後映入眼簾的是淡紫色的窗簾、光滑的地板、多彩的玻璃和寧靜的環境，這是我和天父交流的好地方。神父的祝禱，還有同學們的回應和答謝，可使心境變得非常平靜。

而那色彩繽紛的操場，是一個可以帶給我們歡樂的地方，在這裏我們曾經汗流浹背、樂而忘返，燦爛的陽光亦常常照耀着我們的微笑！

學校小賣部擺放了林林總總的食物，有令人垂涎欲滴的果凍、健康又美味的小食和款式繁多的糖果等，因此，在小息的時候早已被同學重重包圍。

●「早已被」應改為「總是被」，表示一種經常的狀態。

學校帶給我們溫暖的回憶，我從這裏懂得知書識禮。我非常喜歡母校，我深愛着她。

總評及寫作建議

能利用適合的形容詞來修飾校園裏的設施，對大型的聖母山，以至不起眼的窗簾和白板，都能作恰當的描繪。本篇在寫景之餘，亦滲透着小作者對母校的情懷，達到情景交融的地步。整體而言，文章感情真摯，能感染讀者。

寫作時應留意語法上前後的一致性，可以找一些有關中文語法的書來讀，對思維和寫作都會有幫助。

平平無奇	互相輝映	汗流浹背	樂而忘返
林林總總	知書識禮	燦爛	映入眼簾
陽光明媚	鳥語花香	無憂無慮	環境幽雅
意味深長	和風拂面	翠綠	窗明几淨

精句收集屋

- 校園的後花園裏和風拂面，鳥語花香；草青花豔，吐翠綻芳。
- 五年前的九月一日，是陽光明媚的一天，我開始了無憂無慮小學生活。
- 我的學校環境幽雅，課室裏窗明几淨，在這裏我和同學們漸漸知書識禮，茁壯地成長。

1. 我的學校環境雖 ______________________ ，但同學個個 _________________ 識禮，老師和藹可親，我每日在這裏讀書學習，樂而 _________________。

2. 學校裏最吸引我的地方就是後花園了，那裏有 _________________ 的草地， _________________ 的鮮花散發着幽香。

7 我愛大自然

學校：油蔴地天主教小學（海泓道）
年級：小五
作者：李芷馨
批改者：李碧華老師

設題背景

設本題目的是讓學生通過多種感官寫作法來描寫大自然的景物，訓練學生運用不同修辭法的能力。

寫作練習背景

1. 對景物的描寫，掌握「五感」(視覺、觸覺、嗅覺、味覺和聽覺）寫作法。
2. 修辭方面，對擬人法和對比法的掌握。

習作正文

點評與批改

在天朗氣清、風和日麗的春日裏，我與爸媽一起踏青去，其間看到令人歎為觀止的美景，令我對大自然有一番新的體會。

- 文章概括地交代了時間、地點和人物，其後以「令人歎為觀止的美景」作總寫，引起下文對大自然的描寫。

從遠處望去，我看到一座清幽恬靜、朗潤宏偉的高山，還有一大片一大片的草原。

- 第二段從遠處入手，對高山和草原作出了簡潔明快的描寫。

走近一些，我看見繁花吸引了大大小小的蝴蝶飛舞其間，成千成百的蜜蜂飛來採花蜜，花下的泥土更有一些蚯蚓和螞蟻蠕動。水慢慢流動，猶如光陰一樣悄悄地溜走，誰也沒察覺。

- 描寫的鏡頭一拉，由遠景描寫轉至近景描寫，細緻地描寫出蝴蝶、蜜蜂、蚯蚓和螞蟻等小昆蟲的動態，讓人感到生機勃勃的春天氣息。第三段後半部更以緩緩的水流引出小作者在大自然中所得到的體會，回應第一段。只是這流水從何而來？是泉水？是溪水？還是河水？應該明確說明。

突然，一陣微風輕輕地吹到我的臉上，樹木輕輕擺動，和我們打招呼，花粉被吹散到綠油油的草地上。

我聽見樹木沙沙作響和鳥兒婉轉的歌聲。當我追尋這些聲音的時候，更聽見踏草聲造成的迴響，回音引起湖中的漩渦輕泛，加上流水潺潺的聲音，合成一曲即奏的音樂。

- 這段中，小作者運用聽覺感官，細膩地描寫出大自然中各種聲音。
- 此段中關於水的描寫較為混亂。湖水一般不流動，「流水潺潺」是形容溪水或泉水的，但小作者始終沒有指明是泉或是溪，從而引起讀者的混亂。

這奏鳴曲令我不禁深深地吸了一口氣，嗅到在清新空氣中有芬芳的花香和散發着生命氣息的泥土味。嚐嚐那些水，清澈得像蒸餾水似的，使我深深的感受到大自然的純淨之美。

- 此段中，運用嗅覺，細膩地描寫出大自然中的氣息。
- 嚐的是泉水還是溪水？應該指明。

我躺在草地上，見到嫩嫩的綠草從土裏鑽出來，再看看蔚藍的天空和形狀千奇百怪的白雲，感受着大地媽媽的溫暖，還有生命的氣息和大自然的力量。

● 文章最後以「感受着大地媽媽的溫暖、生命的氣息和大自然的力量」總結全文，亦與第一段首尾呼應。

總來的來說這是一篇不錯的描寫文。在「我愛大自然」的主題中，小作者選取了高山、草原、風聲、鳥聲、花香等春天中典型的景物進行描寫，透過遠景視點來捕捉春天景物的形態。另外，文中多處運用比喻和擬人法，生動具體地展現出生機處處的春天之美。

細心分析下，不難發現小作者細心地運用視覺、觸覺、嗅覺、味覺和聽覺來進行摹寫。這種寫法使文章看上去結構完整，條理清晰和層次分明。雖然這種鋪排手法令文章看起來更清晰，但要注意由一種感官過渡至另一種感官描寫的銜接是否自然，例如文中小作者嗅到花香，隨即又嚐溪水（或泉水？），這便不夠流暢自然。

小作者最要注意的是，景物描寫時，一定要清楚地交代具體描寫之景物是甚麼，如文中所描寫的流水顯然不是湖水，那麼到底是河水、溪水還是泉水？並沒有交代。這也是小學生常有的邏輯思維混亂的通病，小作者如能在這方面多加改進，則不僅對寫作，而且對其他科目的學習進步都會有幫助。

詞彙百寶箱

天朗氣清　風和日麗　清幽恬靜　朗潤宏偉

歎為觀止　千奇百怪　流水潺潺　山明水秀

涓涓細流　婉轉清脆　泉水淙淙　湖平如鏡

春意盎然　如詩如畫　嬌嫩　隨風搖曳

精句收集屋

- 不知細葉誰裁出，二月春風似剪刀。（唐詩《詠柳》摘句 • 賀知章）
- 小溪活潑可愛，而且調皮；它時而鑽入樹叢，時而跳入石澗，花草、飛鳥、昆蟲都是它的玩伴。
- 那個聲控噴泉伴着樂聲跳起優美的舞蹈，歡快的水柱時高、時低、時快、時慢……

寫作練習坊

1. 一個 ________________ 的星期日，我們全家人去遠足。我們沿着清幽 ______________________ 的林蔭道前行，路邊的景色如詩 ________________，令人陶醉！

2. 路邊 _______________ 的小草鑽出泥土，隨風 _______________；山澗泉水 ________________，婉轉清脆，大自然的春色真是美不勝收。

8 海灘上……

學校：油蔴地天主教小學（海泓道）
年級：小六
作者：陳浚希
批改者：陳綺文老師

設題背景

設本題目的是訓練學生運用多種感官寫作法來描寫大自然的事物。

寫作練習背景

1. 對事物的描寫，掌握感官寫作法。
2. 對擬人法和排比句法的掌握。

黃昏時分，慢慢地下山的太陽，像蛋黃、像蘋果，映着一抹晚霞，染紅了翻滾的潮水。

- 首先寫出時間、景色以開展下文。

在海灘上，我踏着灘上鬆軟的細沙，有時仰望上空絢麗的紅霞和火球般的夕陽；有時俯身撿起沙下美麗的小石子和珍奇的貝殼。耳畔

- 運用排比句，通過視覺、聽覺，寫出作者感到身處環境的美。

傳來悅耳的鳥鳴聲和深沈的海聲，頓時心境寧靜和舒暢。

站在寧靜的海灘上，呼呼的風聲把洶湧的海水呼喚過來，浸泡着我的雙腳、沖擊我的雙腿，涼快極了。躺在寧靜的沙灘上，我感受到清風的涼爽，它為我披上微涼的薄紗；我的身體被幼沙逐一掩蓋，指縫間夾雜着幼滑的沙，我彷彿完全融入這優美的風景中……

- 通過觸覺感受，寫出作者對周遭環境的喜愛。
- 「幼沙」為廣東口語，宜改為「細沙」。此處不應用「逐一」一詞，因沙是不可數的事物，而「逐一」一般用於可數的人或物。用「逐漸」為正確。

在這寧靜的海灘上，我盡情地享受風的撫摸、沙的呵護和水的沖刷，沈醉在大自然的懷抱裏！

- 將大自然擬人化，直接抒發個人對大自然的感情。

總評及寫作建議

小學生因經驗及修辭能力所限，對寫作描寫文感到吃力。本文小作者通過視覺、觸覺的感受去描寫海灘及抒發喜愛的心情，寫法令人讚賞。

本文篇幅很短，通過視覺、聽覺及觸覺去描繪對沙灘的感受、沙灘的景物及作者對沙灘喜愛之情，條理分明。

結尾一段描寫得雖不錯，但與第三段內容上有雷同；可以寫寫自己對黃昏沙灘的感受，回應一下首段，則文章就更為立體。另外要多注意用詞的準確性，養成查字典、詞典的好習慣，對寫作會有很大的助益。平時多觀察、多想像，寫景時要多運用所學過的修辭技巧，能使文章更具感染力。

一抹晚霞	絢麗	壯闊	呵護
翻滾	海天一色	閃爍	耀眼
煙波浩渺	沖刷	波濤洶湧	風平浪靜
一簇浪花	沐浴	晴空萬里	陶醉

- 金色的陽光撒下來，海面上閃爍着絢麗耀眼的珠光，讓人感覺似夢入仙境。
- 沙灘上溫潤幼細的白沙散落在肌膚，一種溫柔的酥麻之感生出來，又散出去，讓人有說不出的享受和陶醉。
- 一簇簇的浪花不時地翻捲着沖向金黃色的沙灘，像膽怯而又渴望玩伴的小貓，和散步的人們忽遠忽近、若即若離。

寫作練習坊

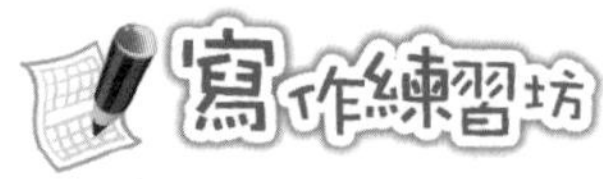

1. 通紅的太陽漸漸墮入海中，一抹晚霞掛在天邊，海面 ________________ 着七彩的波光，海上的日落真是 ________________ 無比。

2. 煙波浩渺的大海，有時波濤 ________________ ，有時風平 ________________ ，盡顯大自然捉摸不定的個性。

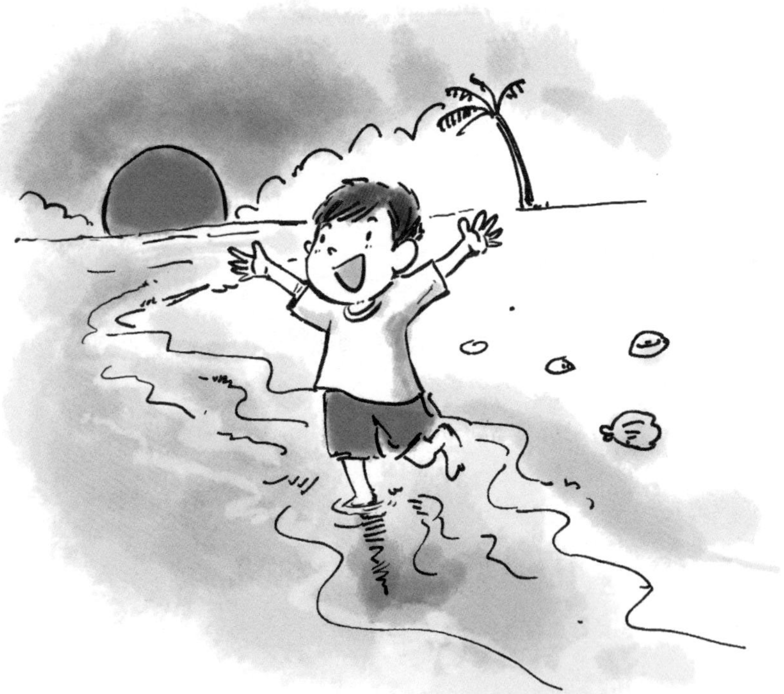

9 我愛大自然

學校：油蔴地天主教小學（海泓道）
年級：小五
作者：簡徜禮
批改者：溫玉玲老師

設本題目訓練同學運用想像力結合自己已知的知識，利用感官描法和擬人法來描寫景物。

1. 掌握感官描寫法。
2. 想像力和觀察力結合的能力。

習作正文

春日裏，百花盛開，紅的、黃的、紫的……像一個個大花瓶在爭妍鬥麗。小鳥在發滿綠芽的樹上吱吱喳喳地唱歌。牛毛似的雨裏夾雜着花香和清草的味兒，輕輕地灑在臉上，癢癢的，真有趣。

- 首段寫春天的大自然景況。豐富的着色詞為圖景添上不同的色調，以花瓶比喻百花盛放的圖像，以複疊的擬聲詞形容鳥兒的歌聲，輕鬆、調皮的筆觸把春天惱人的梅雨變得可愛。

仲夏，蟬兒不停地放聲高歌，讓早起的竹們起來了。樹上的荔枝紅彤彤的，使人垂涎三尺。閃電、雷聲和大雨，常把熟睡中的我喚起來，像要我看看它們的本領呢！

- 第二段以人為本，從小作者與夏日的互動、植物互動的描述中，令人感受大自然閒適的氛圍。

深秋，天變得更高更藍。火紅的楓葉，一片一片的站在深山裏，伴着落葉的樹幹。秋風陣陣，人們要加添衣服。中秋節夜晚，皎潔的月兒像銀盤，高高掛在夜空中，微笑地看着人家團圓呢！

- 承接上文，以火紅的楓葉作引子，一改閒適的格調，把秋天的景物——紅葉與滿月擬寫得更為人性化。

嚴冬，桃花和梅花靜靜地候在園子裏，為寒冷的天空加點芬芳和色彩。動物們冬眠去了，只餘下孩子們在雪地上堆雪人。

- 第四段在靜態的冬日圖景中，巧妙地以桃花和梅花作點綴，令人有如置身北國雪地之中。

大自然是多麼的可愛和奧妙啊！

- 結尾略為簡單，令人有草草收場的感覺。

總評及寫作建議

小作者運用豐富的想像力，以四季時序變易為經，大地萬物為緯，交織成一幅色彩斑斕、變化萬千的大自然圖景。小作者巧妙地運用擬聲詞及着色詞為四季的景色添加動感，多感官的描述讓讀者不知不覺地融入了文章的佈局中，擬人法的修辭使動、植物顯得活潑、可愛。

小作者未有在結尾中抒發個人對大自然的所知所感，進行認真地總結內容，這點給文章帶來少許的遺憾。但對小五生來講，這已是一篇不錯的描寫文。

詞彙百寶箱

爭妍鬥麗	放聲高歌	垂涎三尺	皎潔
漫天飛舞	百鳥鳴春	春雨綿綿	驕陽似火
熱浪滾滾	電閃雷鳴	秋高氣爽	花紅柳綠
迎雪傲霜	涼風習習	鶯歌燕舞	蟲聲唧唧

- 春風來到人間，快樂地奔跑，暖暖的，柔柔的。
- 驕陽似火，知了在樹上嘶啞地叫着，像是對盛夏灼熱的示威。
- 停車坐愛楓林晚，霜葉紅於二月花。（唐詩《山行》摘句 • 杜牧）
- 忽如一夜春風來，千樹萬樹梨花開。（唐詩《白雪歌送武判官歸京》摘句 • 岑參）

寫作練習坊

1. 炎熱的夏天，熱浪 ______________，似火的 ______________，好像要將一切都烤化。

2. 中秋節的晚上，涼風 ______________， ______________ 的圓月掛在天空，好像在微笑地看着人間的團圓。

10 我最喜歡的動物

學校：保良局錦泰小學
年級：小五
作者：孫家傑
批改者：本校老師

設本題目通過描寫自己最喜歡的動物，訓練同學結合觀察力和想像力，細緻地描寫動物的能力。

1. 訓練觀察力。
2. 培養準確細緻的描寫能力。

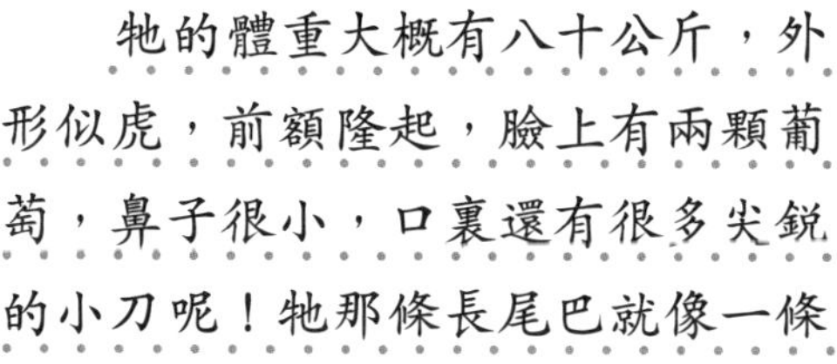

我最喜歡的動物是中國二級保護動物，你猜牠是甚麼動物呢？讓我先來介紹牠的特性吧！

- 首段提出疑問，引起讀者興趣。

牠的體重大概有八十公斤，外形似虎，前額隆起，臉上有兩顆葡萄，鼻子很小，口裏還有很多尖鋭的小刀呢！牠那條長尾巴就像一條

- 對雪豹外形的描寫，非常細緻具體，描繪出雪豹的立體形象。
- 採用擬物的寫作方法，描寫得十分生動。

粗麻繩，在山地環境攀爬坡地的時候，這條麻繩有助牠平衡身體。牠有着四條粗大毛茸茸的腿兒，其作用有如雪靴，可防滑，方便雪地中行走。牠皮毛的色澤灰白相間，軀幹和尾巴上都有黑褐色的斑紋。牠的四肢十分有力，攀山的時候也是靠它們的。

牠絕對是一頭「食肉獸」，一看見獵物，便會窮追猛打地向牠們撲去。成年的牠，能夠拖走比自己重三倍的獵物。

● 進一步介紹特性，使讀者對所描寫之物有更深的了解。

民間傳說用牠的骨頭入藥可以治療筋骨疼痛、風寒病症，所以很多惟利是圖的人都四出捕獵牠。

你猜到牠是甚麼動物嗎？我再給你一些提示吧！牠生活在高原上，樣子像大貓，但不是老虎——牠就是雪豹了。

● 回應首段，指出所描寫的是甚麼動物。

小作者在文中開首以提問形式吸引讀者追看，值得一讚！中段分別以動態和靜態兩方面描寫「雪豹」的外形特徵，條理分明！小作者對於「雪豹」的外貌及生活習慣頗為熟識，可見資料搜集功夫不錯。惜作為描寫文，本文對「雪豹」的說明成分較重，而對牠的描寫部分略嫌不足。

窮追猛打	兇猛	粗壯有力	尖牙利齒	威武
雄健	敏捷	輕盈	怒吼	氣派
咆哮	談虎色變	百獸之王	雄赳赳	懶洋洋

- 金錢豹全身呈深黃，背部遍佈黑色圓紋，由於圓紋很像古代錢幣，所以稱做「金錢豹」。
- 那頭威武的雄獅，頭上一簇簇亂麻似的長毛不住地抖動着，身後那鋼鞭似的長尾巴不斷地揮舞，好不威風！
- 這隻老虎，頭大面圓，雙眼圓睜，色彩斑斕的額上有個鮮明的「王」字，全身都是褐黃色與黑色相間的條紋，毛色美麗，閃閃發亮。

1. 豹子身上長着樹葉一樣的花斑，身體像蛇一樣柔軟，動作 ________________，體態 ________________。

2. 有的人十分懼怕老虎，可以說是「談虎 ___________」；可我卻十分喜歡牠們 ______________________ 的樣子，真有百獸之王的 ________________。

11 人類的好幫手

學校：保良局錦泰小學
年級：小五
作者：劉芷蕎
批改者：本校老師

設題背景

小孩子多數對小動物特別感興趣，他（她）會很用心地去描寫喜歡的動物。設本題目的是訓練小學生描寫身邊熟悉事物的能力，培養觀察力。

寫作練習背景

1. 觀察細緻，描寫具體。
2. 掌握描寫文的寫作修辭手法。

習作正文

甚麼是人類的好幫手？牠有一雙短短的耳朵，呈三角形；一對大大的眼睛，色澤黑白分明；身上的毛色褐中帶黑，閃閃發亮。當牠遇到壞人時，就會表現出兇惡的一面；當牠遇到好人時，就會流露出善良的一面。你猜猜牠是誰？

點評與批改

- 首段直接切入主題描寫，通過細緻的外貌和性格描寫，用對比句、反問句，引起讀者興趣。

牠就是警犬了。牠經常幫助主人，捉拿壞人——牠的嗅覺非常敏銳，動作又快捷，每當遇到罪案發生時，牠都會協助主人破案，屢建奇功，真令人敬佩！

- 點出描寫的主體，再進一步描寫其作用，使人印象更為深刻。

牠退休後，還當上「狗醫生」，到老人院探訪老人，到孤兒院陪孤兒玩樂，到醫院協助患病的人，帶給他們歡樂和關懷。警犬，警犬，你真是人類的好幫手啊！

- 用排比句進一步說明警犬的功勞。
- 宜在「警犬，警犬……」處分段，作為最後的總結段落。

總評及寫作建議

小作者先以提問手法作文章開端，引人注意，其後以動物的特點作提示，希望讀者儘快確定答案，寫作方法別有心思。文中能運用修辭手法：以對比句把兩種相互對比的事物從性質、形象加以對照比較，如：好人－壞人，兇惡－善良；以排比句來描述警犬退休後對人類的貢獻，使層次分明，也增強了語勢。

文章的最後一段，是結束全文的段落，應該是獨立的段落，如和內文在意思上混在一起，那麼文章就不完整，缺乏層次感。這是小學生在作文上的通病之一，小作者要注意改正。

詞彙百寶箱

敏銳	快捷	機警	矯健	威風
屢建奇功	兇猛威武	友好和善	沈着	忠心耿耿
得力助手	懲惡揚善	凌空躍起	不甘示弱	

精句收集屋

- 我家的小狗阿寶，渾身雪白，只有鼻子有一點黑色，一雙寶石般的眼睛是那麼閃亮，任何人見了牠都會不由自主地喜歡上牠。
- 旺仔是一隻可愛的小唐狗，牠聰明機靈，友好和善，是我的好伙伴。

寫作練習坊

1. 警犬不僅是人類的得力 ______________________，亦是人類忠心 ________________ 的朋友。

2. 警犬阿力，毛色棕黑發亮，嗅覺非常 ________________，動作 ________________，非常機警，是警隊懲惡除奸的得力助手。

12 中秋節的晚上

學校：保良局錦泰小學
年級：小五
作者：關翠怡
批改者：本校老師

香港的小孩子都喜歡過中秋。中秋夜，和家人一起吃月餅、進團圓餐，然後去公園賞月，在公園還可以和朋友們一起玩花燈，真是其樂融融。所有這一切都給小學生留下深刻印像，選擇中秋夜作為描寫題材，可以鍛煉學生對熟悉事物的描寫能力。

寫作練習背景

1. 鍛煉情境和場面的描寫能力。
2. 掌握具體細緻描寫事物的方法。

中秋節那天晚上，我們一家人吃了一頓菜式豐美的晚餐，而我還吃得津津有味呢！晚餐有烤肉、海蝦、石斑、西蘭花，還有我最喜歡吃的「鹽焗雞」，而最特別的就是

- 開頭點出描寫主題。
- 宜從「晚餐……」處分段，集中描寫菜式。

桌上放了幾個楊桃，專門是為了慶祝中秋節而準備的。這頓晚餐可真有意思啊！

吃過晚餐後，我已迫不及待地衝出家門，想到附近的公園玩花燈和賞月，但媽媽很快就把我攔住了。她説時間還早，晚一點才到公園，氣氛會更熱鬧。我聽了後，感到非常失望，因為真想快點到公園玩花燈和賞月。為了補償失落感，我馬上從冰箱裏拿了一個冰淇淋月餅出來，跟大家一起分享。冰淇淋月餅實在太美味了，使我不禁大叫：「美味極了！」結果引得大家哈哈大笑！晚上八時四十分，我們一家人滿懷興致地提着花燈去公園。

● 此段記敘文色彩較多，可稍作刪減，增加些描寫的成分。

來到公園，到處已堆滿了遊人，場面非常熱鬧，我和兩個弟弟興高采烈地在月下玩花燈。我們的花燈都各有特色：我的花燈是金魚形狀的，樣子非常可愛；兩個弟弟的花燈是超人的造型，十分有氣

● 對花燈的描寫細緻，從造型、質料到功效都有提到，顯示小作者的觀察入微。

勢。我們的花燈還會發出亮光和音樂呢！園裏的小朋友拿着不同質料的花燈，有的是紙花燈，有的是塑膠花燈，款式五花八門。正當我們玩到得意忘形的時候，我看見有些人在「煲蠟」，媽媽說那是一件非常危險的玩意，隨時都會令人受傷，她還吩咐我們不要理會他們。一邊玩花燈，一邊賞月，這種感覺好極了，那天晚上，我感到既快樂，又滿足。

● 宜在「那天……」處分段，總結全文。

小作者所運用的題材頗能回應主題，寫出中秋夜的特色。行文有條理，用詞有心思：如「迫不及待地衝出家門」，我不禁大叫「美味極了！」都能點出小朋友極之期待達成願望的心情。

這篇描寫文的記敘文色彩偏重；小作者可多描寫中秋夜的景色和特點如月圓、天氣、團圓等，多添些描寫文的元素，就更好了。另外要注意文章層次的分明。

詞彙百寶箱

津津有味	迫不及待	興高采烈	皓月	玉盤
團聚	輕柔	清爽	皎潔	明淨
清風送爽	傾瀉	丹桂飄香	淡煙籠月	

精句收集屋

- 潔白似玉盤的圓月，高高的掛在夜空上，還時不時害羞的躲進雲中，像亭亭玉立的少女，美麗極了！
- 但願人長久，千里共嬋娟。（宋詞《水調歌頭》摘句 • 蘇軾）
- 中秋的皓月，送來桂花的馨香，帶給人們美好難忘的團聚時光。

寫作練習坊

1. 中秋夜，＿＿＿＿＿＿＿＿當空，清風＿＿＿＿＿＿＿＿，我們全家團聚在一起共度佳節。

2. 那天晚上，＿＿＿＿＿＿＿＿似的月亮將夜空映得明淨，皎潔的月光＿＿＿＿＿＿＿＿下來，撒在我們每個人身上。

13 流浮山一天遊

學校：香港培正小學
年級：小六
作者：林倬琳
批改者：陳靜心老師

小學生描寫場景一般都很籠統，有時會較雜亂和無層次。本題目旨在訓練小學生對場景能有序地鋪排，並可運用多樣的寫作技巧進行寫作。

1. 場景的描寫能力。
2. 掌握描寫景物的多樣化寫作技巧。

習作正文

流浮山的市集具有鄉村小鎮市場的特色，我們一家人都很喜歡到那裏遊逛。

- 直截了當，帶出主題。

剛踏進市集的第一步，兩邊攤檔的鹹魚腥味立刻撲鼻而來。由於流浮山靠近大海，所以攤檔大多是售賣海鮮的。那裏不單有活生生的賴尿蝦、象拔蚌、龍蝦、花蝦、蠔和鮑魚等，還有不少乾貨：鹹魚、蝦米、蠔豉和紫菜。此外，更有別具特色的小吃：香蕉糕、魷魚絲、合桃、米通、炒米餅、皮蛋酥等，不但令人目不暇給，更使人垂涎欲滴。市集內人山人海，狹窄的街道被擠得水泄不通，當中還夾雜着攤販叫賣和顧客討價還價的聲音。在貨攤的燈光映照下，魚鱗變得晶瑩，地面變得光亮，氣氛也顯得和諧。

● 能仔細地描繪出市集的情況，運用近景描寫，將場面鋪排得具體有序。

市集的盡頭是個養蠔場，環境和氣氛跟市集完全相反。這裏是一個空曠的地方，一邊是堆積如山的蠔殼，另一邊是寬闊的平地，沒有絲毫的壓迫感。小朋友就在那兒玩着砂炮，被擲到地上的砂炮發出爆竹似的聲響，正好與小孩子的歡呼聲和應着。

● 運用對比法，突出養蠔場寬闊，不像市集般狹窄、擠迫。

前面是蒼茫的大海，海中插着鐵枝、掛着魚網，原來是用來養蠔

● 這段描寫靜中帶動，通過遠景描寫，描寫出漁村如畫的風景，突出漁村生活的純樸、恬靜。

的。那裏水連天、天連水，海水呈現着一片泥黃色，好像一幅活動的漁村風景畫。很多人都喜歡到海邊散步，享受陣陣海風帶來的一絲涼快感。回到靠近蠔殼堆的地方，我看見有兩位嬸嬸正在開蠔。她們熟練地使用一個錐形的利器，破開石頭般硬的蠔殼，露出雪白的蠔肉，吸引了不少好奇的遊人駐足圍觀。

到了黃昏，疲倦的太陽慢慢爬到山下，湛藍的天空被美麗的彩霞染得通紅。而攤檔上的貨物也差不多賣光了，遊人都意識到要回家了。我們也拖着疲乏的腳步，攜着從市集中買來的食物，依依不捨地回家了。

● 將太陽擬人化的描寫，很生動。

流浮山的市集真令人回味啊！

這是一篇很不錯的描寫文。對於小學生來說，寫一篇描寫文並不容易，不是描寫不夠具體、仔細，就是流於平鋪直敍。但小作者懂得把寫作範圍縮窄，只集中寫流浮山短短的一條街，而且能恰當運用步移法，層層有序地描寫在<u>流浮山</u>所見的事物，把遊覽過程呈現在讀者眼前，讓讀者有身歷其境之感。小作者又使用多感官寫作法，無論是眼所見，耳所聞，鼻所嗅，都能掌握事物的特點，描寫得很具體，像砂炮的響聲、鹹魚的腥味和市集內的各種貨品等，都能突出主題，令讀者一看就知道<u>流浮山</u>的特色。

此外，全文不單描寫景物，也有不少文句描寫人物的動態，令內容更豐富。

用字遣詞方面，小作者沒有利用華麗的詞藻，只是準確地運用形容詞，使事物更細緻和具體，而文章也洋溢着樸實的味道，沒有絲毫矯揉造作之感。

然而結尾太簡短和平淡，若能在寫景之餘加入個人的感受，文章的感染力會更強。

目不暇給	垂涎欲滴	水泄不通	駐足圍觀
洋溢	風情	恬適	引人注目
世外桃源	三三兩兩	純樸	人山人海
餘暉	人聲鼎沸	熱鬧喧嘩	興致

- 一到假期，小鎮的集市上人山人海，男的、女的、老的、少的，穿着各種各樣的衣裳，拿着各種各樣的東西，熱鬧喧嘩，興致極高。
- 街邊的小攤上擺放着五光十色的特產貨物，引人注目，來自各地的遊客紛紛駐足圍觀。
- 在這個遠離城市的山區小鎮，遊人們三三兩兩，結伴而行，欣賞着小鎮有如世外桃源般的風情。

寫作練習坊

1. 集市上人山人海，將道路擠得 ________________，但是人們還是 ________________ 高漲，在各處攤檔上選購自己喜好的物品。

2. 小漁村遠離塵囂，環境 ______________，民風 ______________，好似一個 ________________。

14 聖誕夜

學校：香港培正小學
年級：小六
作者：李俊儀
批改者：陳靜心老師

設題背景

聖誕燈飾是香港維港兩岸的一大特色景觀，香港的孩子們對此非常熟悉，描寫起來自然相對容易。故設本題目訓練和考察學生的描寫能力。

寫作練習背景

1. 擬人化的描寫手法。
2. 利用排比法進行景觀和氣氛的描述。

為了欣賞香港的聖誕夜景，我便和家人一起乘天星小輪到中環去。

在船上，我看到尖沙咀的星光大道上人羣熙熙攘攘，像無數隻小螞蟻在匆忙地走動，非常熱鬧。我

- 從船上這個角度去描述看燈飾的心情，比在海旁觀賞更特別。

很怕擁擠，更怕人與人互相碰撞，所以我真慶幸自己能在船上隔岸觀景，這樣既可以感受到聖誕夜的特別氣氛，又不用受擁擠之苦，更可以悠然自得地欣賞維港兩岸的夜景。但美中不足的是，燈飾還未亮起來……

正想着，兩岸的燈飾就像明白我的心意似的——剎那間，五光十色的燈泡全都跳了出來，閃爍着耀眼的光芒，像迎接我的到來。這一刻我很感動，真有夢境成真的感覺呢！你看：右邊的聖誕老人正向我招手，並且說「呵呵呵！我來了」；另一邊就有幾隻鹿兒向我奔來，告訴我聖誕節已經來臨；旁邊的禮物也不甘示弱，提醒我們「二零零七年快到了！」……它們像花兒般爭妍鬥豔，不斷地展示自己最美麗的一面，真令我目不暇給。突然，一陣音樂聲傳到我的耳邊，我循聲望去，原來音樂聲是由一棵裝飾得金光閃閃的聖誕樹傳出來的。樹的頂端還有一顆紅彤彤的心形裝

- 把燈飾描繪得充滿動感和生命力。
- 擬人化的描寫，將一組組的燈飾幻想成對着你說話的人物、動物及物件，想像力豐富。
- 利用聽到音樂聲的情節把所見的景物轉移，這樣一來便不會流於呆板。

飾品，好不漂亮，相信工匠一定花了不少心思來佈置吧！

今天，我能與家人共聚天倫，真是十分快樂，希望大家也跟我一樣，擁有一個愉快的聖誕夜。

● 若能再多寫燈飾以外的聖誕景物，內容會較完滿和豐富。

總評及寫作建議

這篇文章的文句通順流暢，主題鮮明突出。小作者並非刻板地描寫各種璀璨的聖誕燈飾，而是利用擬人法將普通的、平凡的聖誕燈飾形象化、具體化，就連聖誕禮物，小作者也不放過，使其活現紙上，帶出聖誕夜的快樂氣氛。全篇文章在寫景之餘也寫出小作者自己的感受，能做到情景交融。不過結尾略嫌不夠力，可寫出聖誕節的真正意義，令寫情部分更深入。

詞彙百寶箱

熙熙攘攘	隔岸觀景	美中不足	五光十色
紅彤彤	共聚天倫	金光閃閃	波光粼粼
璀璨	火樹銀花	奪目	燦爛
聚集	狂歡	不夜天	

- 大小商場都擺放了各式各樣的掛滿小禮物和響鈴的聖誕樹；聖誕樂聲滿街飄盪；聖誕老人派送着禮物，亦派送了祝福和希望。
- 耀眼的霓虹燈照亮了維港兩岸，海水在璀璨的燈飾照射下，顯得波光粼粼，人人臉上都掛着燦爛的笑容。
- 在火樹銀花、燈光璀璨的平安夜，人們整夜狂歡，整個城市變成了不夜城。

寫作練習坊

1. 那天晚上，我和家人在星光大道上漫步，維港對岸的高樓大廈上披掛着 ______________________ 的燈飾，將維港上空映得 ________________，我不禁讚歎：香港不愧為東方明珠！

2. 聖誕夜的銅鑼灣，街道上 ________________，比平時顯得更加擁擠，人們從四面八方湧來，________________ 在鐘樓前，等待着聖誕到來的鐘聲。

15 明日之後

學校：香港培正小學
年級：小六
作者：曾皓
批改者：龐芷坤老師

環保問題關乎人類的未來，小學生是未來的主人公，保護環境、愛護大自然，是他們必須擔負的責任。設此題不僅鍛煉小學生的描寫能力，而且能加深他們的環保意識，確立他們環保的自覺性。

寫作練習背景

1. 觀察力和想像力的結合。
2. 運用步移法和感官法描寫環境的能力。

鬧鐘如常地響起來，我把沈重的眼皮抬起。四周黑漆漆的，伸手不見五指，我緩緩地下牀……哎呀！冷不防地我滑了一跤，在眼睛漸漸適應漆黑的環境後，才看到原來罪魁禍首就是一條香蕉皮。誰的惡作劇？真可惡！正當我怒不可遏地斥責這個十惡

- 能營造懸疑氣氛，吸引讀者繼續看下去。

不赦的大壞蛋時，才發現家中到處是垃圾，老鼠四竄，蟑螂等惡蟲在地上爬行，眼前的景象，真是令人咋舌。我到處尋找家人，但是尋遍家中每個角落仍找不到他們的蹤跡。我急得像熱鍋上的螞蟻，凜冽的冷風颳在臉上，增添了幾分寒意。

走到街上，差點兒認不出這就是我每天經過的大街小巷。眼前的街道，跟以往有着天淵之別：熙來攘往、人聲鼎沸的大街變得死氣沈沈，毫無生氣。賣煨番薯、炒栗子的小販都不見了，平日瀰漫在空氣中熱騰騰、香噴噴的煨番薯香氣變為腐臭的垃圾味，使人退避三舍。長得茂密繁盛的樹木如今枯萎了，花兒凋謝了，雨後散發清新撲鼻的樹葉香氣也沒有了。再看不到在花叢上飛舞的蝴蝶和蜜蜂，取而代之的是蚊子、蒼蠅在垃圾上徘徊。蔚藍的天空變得黑漆漆的，傷心得哭起來，降下的是酸溜溜的眼淚，我再不能像以往一樣張開嘴巴，細嚐雨水甘甜的味道了。

● 運用步移法，從不同的視覺去寫環境的改變，描繪細膩，更運用豐富的四字詞及疊詞，令文章更生動具體，讓人恍如親歷其境，感染力很強。

置身在這個環境，我們仍能繼續生活嗎？我真希望這是一場夢，然而一切已經太遲了，人類過分污染環境，破壞生態，浪費了天父賜予我們的寶貴資源，又對污染的問題置若罔聞，最終自食其果，以致要永遠生活在這污穢不堪的世界裏。如果歷史可以重來，我一定會好好愛護環境，不讓這悲劇發生。

● 直至末段才揭曉本文的主題，將環保的信息帶出，編排見心思。

總評及寫作建議

全文用詞豐富，運用細膩而準確的筆觸，刻畫出一個死寂、骯髒、臭氣沖天的環境，透過對烏煙瘴氣的街道的描繪，帶出保護環境的信息，選材有意義之餘，更放棄傳統的説教方法，不落俗套。小作者雖像是以悲觀的口吻道出環境受到嚴重破壞，一切已經太遲的事實，然而最後一句「如果歷史可以重來，我一定會好好愛護環境，不讓這悲劇發生」帶出亡羊補牢、為時未晚的道理。全文感染力強，是一篇生動而發人深省的好文章。

黑漆漆	罪魁禍首	取而代之	怒不可遏	十惡不赦
天淵之別	自食其果	污穢不堪	置若罔聞	凜冽
退避三舍	天昏地暗	觸目驚心	吞噬	威脅

精句收集屋

- 人類為了自身的利益，對環境污染問題置若罔聞，將潔淨的地球折磨得天昏地暗，長久下去，遲早會受到大自然的懲罰。
- 環境污染威脅着人類的生存環境，吞噬着人類的健康和生命。

1. 人類應該好好愛護大自然，否則，人類就會 ________________，破壞了自己生存的家園，成為毀滅自身的 ________________。

2. 如今環境污染已經達到了 ________________ 的地步，如果我們任由其發展下去，人類的末日亦就為之不遠了。

16 公園的四季

學校：番禺會所華仁小學
年級：小三
作者：柯家裕
批改者：劉丹琼老師

設題背景

學生在單元教學中閱讀過兩篇描寫文，分別是《秋天的原野》和《四季的播音員》。透過老師的講授，學生能掌握及運用適當的描寫方法，使文章形象生動，故以命題寫作的形式，評估學生描寫景物的能力。

1. 擬人法的運用。
2. 鋪排文章的能力。

春天，公園裏的樹木都長滿了翠綠的葉片，好像穿上了一件綠衣裳。小草從綠油油的草地裏探出頭來。小鳥在樹上唱出美妙的歌聲。一陣和暖的春風吹過，花草樹木們都興高采烈地跳起舞來。

- 首段描寫春天公園裏的景象。
- 比喻貼切，以「綠衣裳」來比喻茂密的枝葉。
- 「探」字用得好，將小草發芽的動態形象化。但如能將「綠油油的草地」改為「濕潤的泥土」則更佳。

夏天來了，公園裏的蟬哥哥在樹上不停地向樹伯伯說：「知了，知了。」忽然，下起了一陣小雨，雨水像跳傘員似的從天而降。不一會兒，又轉晴了，公園裏的青蛙跳到荷葉上，享受着曬太陽的歡樂。

- 第二段描寫夏天公園裏的景象。
- 擬人法令文章更加生動活潑。
- 將「雨水」比喻為跳傘員，十分貼切。

秋天來了，本來長得十分茂盛的樹伯伯，變得有點兒蒼老，因為金黃的樹葉隨着秋風紛紛飄落到地上。所有的動物都忙着找尋食物，準備迎接「冬姐姐」的來臨。

- 第三段描寫秋天的公園裏一片蕭條的景象。
- 擬人法的描寫手法增添文章的生氣。
- 第三、四段的過渡自然，加強了文章的連貫性。

「冬姐姐」來了，所有動物都躲進自己的家裏。公園裏的樹木，剩下光禿禿的樹幹。只有那強壯的松樹沒有變成光禿禿的，他屹立在寒風中，絲毫也不動。

- 末段的描寫仍然以樹木為主，以對比的手法突出松樹的堅忍、無懼寒風的吹襲。

總評及寫作建議

全文圍繞「公園的四季」進行描寫，內容豐富，文句流暢，層次分明，每個自然段描寫一個季節，依次是春、夏、秋、冬四季，公園最主要的景物是樹木，樹木因季節有不同的變化，故小作者抓住這點對四季的樹木進行具體的描寫。

在修辭方面，小作者運用了比喻和擬人法進行描寫，將茂密的枝葉比喻作「綠衣裳」；將雨水比喻為「跳傘員」；將小草、小鳥、花兒、樹木、蟬兒、青蛙等當作人物來描寫，令文章更生動和活潑。

對於三年級來說，本校要求學生能寫作一篇約一百五十字的描寫文，然而，小作者以豐富的想像力和流暢的文筆寫作了此篇三百多字的文章，實在值得嘉許。

如欲令本文更精良些，建議在段落的過渡上加上連接詞，或於每段末埋下伏筆，如由第三段過渡至第四段一樣，避免段落間割裂，加強文章的連貫性和流暢性。

詞彙百寶箱

翠綠	歡樂	茂盛	蒼老
絲毫	寒風	紛紛	屹立
強壯	綠油油	光禿禿	興高采烈

- 春天，公園裏的樹木都長滿了翠綠的葉片，好像穿上了一件綠衣裳。
- 一陣和暖的春風吹過，花草樹木們都興高采烈地跳起舞來。
- 忽然，下起了一陣小雨，雨水像跳傘員似的從天而降。
- 公園裏的青蛙跳到荷葉上，享受着曬太陽的歡樂。
- 只有那強壯的松樹沒有變成光禿禿的，他屹立在寒風中，絲毫也不動。

1. 秋風吹過，落英 ________________，原本 ________________ 的草地變為金黃色，為大地添加了豐收的色彩。

2. 雨過天晴，________________ 的小草們從土地裏鑽了出來，歡快地隨風搖擺。

17 夏日的海灘

學校：番禺會所華仁小學
年級：小三
作者：盧冠燁
批改者：劉丹琼老師

設題背景

本文由老師設題為「××的海灘」，再由學生補充題目。學生可選擇不同的形容詞來填補文章的題目，可以是「炎熱的海灘」、「熱鬧的海灘」、「冬日的海灘」、「美麗的海灘」、「黃昏的海灘」等。

寫作練習背景

1. 掌握描寫景色的寫作修辭方法。
2. 訓練觀察力和準確細緻的描寫能力。

習作正文

我喜歡夏日的海灘，因為在炎熱的天氣下把熱呼呼的身體泡在無比清涼的海水中，感覺特別涼快。

每逢夏天，爸爸媽媽便會帶弟弟和我到海灘去消暑和暢泳。雖然夏日的海灘人特別多，但我依然認

- 首段小作者以開門見山的手法點出了文章的主題，並說明了自己為何喜歡夏日的海灘。

為它的景色是最迷人的。海灘上的沙粒非常柔軟，在太陽的映照下呈一片金黃色，就像那彎彎的月兒泛出的光輝。在這迷人的海灘上添加上各式各樣的太陽傘，構成一幅十分美麗的圖畫。

● 第二段小作者運用了比喻法來描寫夏日的海灘：將海灘的金黃色比喻為月兒泛出的光輝；將迷人的海灘比喻為美麗的圖畫。

岸邊有很多小孩子在弄潮，他們的嬉笑聲充滿着整個海灘，和嘩啦嘩啦的海水聲配合得天衣無縫，就像一首歡樂的樂曲；而被太陽照得閃閃發光的海水好像也想湊熱鬧似的，在一旁伴奏呢！

● 第三段小作者從聲音描寫夏日的海灘。

● 小作者將海灘上的聲音比喻為歡樂的樂曲；將海水當作人來寫，正在湊熱鬧，伴奏着。

到達海灘後，我和弟弟迫不及待地跳進大海的懷抱中暢泳，待身體涼快後，才回到海灘上玩沙和拾貝殼。在爸爸媽媽全心全意的照顧下，我和弟弟只感到幸福、快樂、溫馨……

● 記述小作者一家人在海灘上玩樂的情形。

啊！我多麼愛這夏日的海灘呢！

● 以感歎句作結，呼應文章主題。

本文將夏日的海灘描寫得很細緻，由景物描寫到聲音描寫都很生動和活潑，文章結構完整，分段有條理。

而且，文筆流暢，用詞豐富。在修辭方面，能運用比喻法來寫夏日的海灘，當中的比喻都十分貼切，富詩情畫意，引人遐思。以三年級學生的程度而言，此文乃上佳之作。

詞彙百寶箱

炎熱	消暑	暢泳	柔軟	光輝
弄潮	溫馨	嬉笑	映照	熱呼呼
湊熱鬧	嘩啦嘩啦	迫不及待		
閃閃發光	天衣無縫	全心全意		

精句收集屋

- 海灘上的沙粒非常柔軟，在太陽的映照下呈一片金黃色，就像那彎彎的月兒泛出的光輝。
- 岸邊有很多小孩子在弄潮，他們的嬉笑聲充滿着整個海灘，和嘩啦嘩啦的海水聲配合得天衣無縫，就像一首歡樂的樂曲。
- 被太陽照得閃閃發光的海水好像也想湊熱鬧似的，在一旁伴奏呢！

1. ________________ 的夏天，爸爸媽媽經常帶着我和妹妹去海灘 ________________，我們一家人都非常享受這些 ____________ 和快樂的時光。

2. 假日的海灘上，多了些 ________________ 的孩子，他們的歡聲笑語和潮水聲配合得 ________________，奏響了一曲人和大自然的歡樂頌。

18 你好嗎？大自然！

學校：聖公會呂明才紀念小學
年級：小五
作者：曾欣儀
批改者：鄒穎音老師

設題背景

為配合教學單元，鞏固學生所學，讓學生以欣賞的態度認識有關描寫景物的文章，像置身優美的大自然，體會景物描寫中的感情色彩。本文為描寫文，學生自由選擇大自然一景為描寫核心，從而透過寫景抒情。

寫作練習背景

1. 抓住景物特徵，運用富有感情色彩的形容字詞及文句。
2. 選用恰當的修辭方法，如擬人和比喻等。
3. 融入自己對景物的感受。

習作正文

天色黑黑的，綿綿細雨老是不停地滴打在翠綠的樹林中，淅瀝淅瀝……呼呼的冷風中帶着悲哀，帶着怨恨從樹與樹之間穿梭着，平日樹林裏輕快的步伐消失得無影無

點評與批改

- 首段小作者開宗明義，準確點出描繪的景物——「樹林」。文中運用了「黑黑的」、「綿綿細雨」、「呼呼的」疊詞，加強了樹林周遭環境淒冷的氣氛。末句更

蹤。這樹林給我既神秘又憂鬱的感覺，她是否有着不可告人的秘密？有説不出來的心事呢？

運用了問句，為繼續進入樹林，追尋更深入的景觀留下伏筆。

我抱着好奇的心情邁入樹林，途中不時會有水珠滴在我的臉兒上，也許這是樹林的淚兒；倒掛着的蝙蝠不時發出吱吱喳喳的呻叫聲，好像替樹林向我訴説心事。

- 第二段，小作者融情於景。小作者運用了感官聯想，描述樹林借蝙蝠的聲音訴説心事；也透過樹林的「淚兒」，借題發揮，以表達自己心中莫名的憂鬱。

滴——咚咚——雨終於停了！

- 此段為過渡段，除交代樹林的「淚兒」從雨水而來外，更把文章推進到另一個層次。

突然一陣大風吹過，把樹葉上的雨珠兒都給吹掉了。叮叮咚咚！滴滴答答！所有雨珠兒都落到地上，讓大地滋潤一番。就在這一瞬間，整個樹林變得充滿生機，看來樹林想通了！

- 承接着第二、三段，此段所描述的樹林充滿生機，與第二段所描述的憂鬱，成強烈對比。同時，小作者運用了「叮叮咚咚」、「滴滴答答」等擬聲詞，及「看來樹林想通了！」的擬人法，令樹林活躍起來。

一片樹葉在我臉旁隨風飄過。

- 此乃另一過渡段，簡單描述小作者離開樹林，到達湖邊的情景，意境柔美，令人舒暢。

我跟着樹葉一直向前走。走着走着，不經意地來到了湖邊，我感到加入仙境，而那片樹葉則落在清澈的湖面上，泛起了道道漣漪，令我看不清楚自己的倒影。

湖面上的冷霧四處飄散；水中的魚兒不時躍出水面，濺起不少水花。撲通撲通！叮咚叮咚！我禁不住用手摸摸這些活潑的魚兒。這一切的情景令我變得心曠神怡、豁然開朗。難道這是樹林送給我的禮物？

- 第六、七段為全文的高潮所在。小作者於段中處處表現湖四周的景物都充滿生命力，運用了動態描寫的手法，使文章富於變化。於第七段末以反問帶出末段對大自然的讚美和感激之情。

大自然呀大自然，你是我的知心好友，我們是互相信任的，互相關懷的，你叫我從悲哀中勇敢向前，到最後總會得到安慰和力量。大自然啊！沒有你的提醒，我怎能想通這重要的道理呢？

- 末段，小作者盡情抒發對大自然感激的情懷，彷彿跟神交已久的老朋友傾心如水，感情洋溢，真摯細膩。

總的來説，小作者能抓住景物的特徵，以靜態的角度描寫樹林的冷清和淒涼，以動態的角度描寫在湖邊所見所感的事物，層層推進，對比分明。

文章中運用了多種修辭手法。例如每個主要段落都運用了擬人法，描繪對象被賦予生命，十分具體，耐人尋味；擬聲詞處處可見，如「淅瀝淅瀝」、「呼呼」、「吱吱喳喳」、「叮叮咚咚」、「撲通撲通」等，令文章充滿朝氣，讀起來更見節奏美；融情於景，抒情手法運用合宜，盡表真摰、細膩的情感。

結構方面，起承轉合清楚可見。從第一、二段的寧靜，到第四段的推進，及至第六段的高潮，中間恰當地運用了兩個過渡段，節奏明快，點題即止，最後以個人情感作結，讚歎對樹林的感激之情，首尾呼應。

雖然，小作者能透過感官聯想寫景及寫物，在文章中用了聽覺、視覺及觸覺聯想，卻欠缺了味覺和嗅覺的聯想描述，若加以運用，表達效果必更理想。

另外，文章多處可見擬人的寫作技巧，卻甚少運用比喻或反覆等手法，若能運用不同的修辭，文章內容的對比及層次必更見清晰。

一般而言，小學生所寫作的文章，以記敍、説明、實用文為主。論及描寫文的寫作，學生礙於人生經歷尚淺，接觸外界事物不多，以致從選材至着墨，內容層面均比較狹窄。因此，學生需要擴闊視野，多探索不同事物的觀點與誘因，多作邏輯思考、批判歸納、創意聯想等；並於寫作某景物前，羅列多些有關的詞彙和可聯想的事物，寫作時才能得心應手。同時，學生欲運用不同修辭手法，必須先熟悉其特徵和用法，才能用得其所，以免弄巧成拙。作為學生，多讀並多寫，可以提升寫作及表達的能力，才能寫出感人的文章。

淅瀝淅瀝	穿梭	無影無蹤	憂鬱	滋潤
漣漪	撲通撲通	叮咚叮咚	心曠神怡	豁然開朗

- 天空像一張繃得緊緊的黑帳，有幾點雨花飄落着。
- 雨點叮咚叮咚往下掉，漸漸地，雨水像斷了線的珠子，連成一串一串的，落到地上，匯合成一條一條的溪流。
- 雲散了，雨住了，太陽照亮了大地，空氣像濾過似的，格外清新。

1. 暴雨將臨，天空黑壓壓的，狂風帶着 ________________ 和悲憤呼呼地吹着，沈悶的雷聲轟鳴，像是急於驅趕這讓人透不過氣的黑暗。

2. 雨停了，天空 ________________，晴空中掛出一道彩虹，空氣中泥土的清香味使人 ________________。

19 親歷大自然

學校：聖公會呂明才紀念小學
年級：小六
作者：黃家希
批改者：黃詠妍老師

設題背景

配合語文教學，讓學生學習描寫景物的技巧，藉此鞏固課堂所學。

寫作練習背景

1. 感官描寫。運用視覺、聽覺、嗅覺、味覺等感官，觀察和感受事物的特徵，進行描寫。
2. 靜態描寫和動態描寫。靜態描寫和動態描寫的對象，須細心選取，並且要協調得當，才能豐富畫面，豐富讀者的想像空間。

秋天的清晨，跟家人到郊外遠足，感受一下大自然的魅力，眼前的景物不但令我大開眼界，還引發出我無窮的想像。

- 首段點明描寫的季節和地點。

湖泊——高峻的山嶺倒影點綴着清澈的水面，湖水顯得五光十色，風光絢麗雋妙。山坡——像一座暗灰色而輪廓分明的宏大雕塑，在淡藍的晴空映襯下，景色幽雅自然。松樹——像一列列氣勢凜凜的軍隊，給人一股威嚴又神秘的感覺。不知道在濃蔭碧綠的松樹背後，隱藏着的是一個怎樣的世界？

- 第二段主要描寫靜景：湖泊、山坡及松樹；小作者透過視覺觀察，寫出景物的外形與色彩。

我閉上眼睛，體會箇中的感覺：偶然微風迎面送來，吹走了心中的煩悶；山澗傳來淙淙的泉水聲，像奏鳴曲，淨化了我的心靈。

- 第三段集中描寫動景：微風與泉水聲；小作者透過感覺及聽覺感受，寫出周遭環境的清新和寧靜。

這種景致——比黎明的旭日更奇妙，比夜空的繁星更迷人——簡直就是人間的一個世外桃源！

- 第四段透過「旭日」和「繁星」的烘托，突出景色之美，美得令人陶醉、神往。

或許，這一切不是永無休止，這一切會逐漸消失，若希望保留這一切，請你愛護這片令人心曠神怡、賞心悅目的大地，延續它的生命，不要讓它悄悄地離我們而去。

- 末段寫出小作者對大自然的珍惜，並以排比句增強語氣，藉此喚起讀者對環保的反思。

總評及寫作建議

本文以郊外風光為描寫對象，主要通過對湖、山、松、風及泉的描寫，表達大自然的優美與寧靜，達至景物描寫目的。

小作者能運用多感官描寫。在視覺方面，小作者「繪」出了「五光十色」的湖面、「暗灰」的山坡、「淡藍」的天空及「碧綠」的松樹，色彩鮮明；再者，小作者亦「勾畫」出風光的線條與質感：從湖面的「倒影」可見平靜，從「輪廓分明」的高山看出陡峭，從「晴空」可知萬里無雲，從能「隱藏」世界的樹林，見到茁壯茂密；各景物的形象清晰了、立體化了。在聽覺方面，小作者寫出泉水「淙淙」，反映四周的寧靜；在嗅覺方面，小作者感受到清風送爽，顯出心中的閒靜。這樣，不但讓讀者如見其形，如聞其聲，更如親歷其境，與小作者一同遊歷山水，感染力強。

由於描寫對象是大自然風光，故靜態場面多於動態場面。小作者亦能緊扣這一點，集中描寫湖、山、天及松等靜景。至於動態描寫，作者只「蜻蜓點水」式地寫出微風及流水。「微風」是「偶然」的，讀者可想像到它是輕柔的、讓人煩惱盡消的；「水聲」是像「奏鳴曲」，使人想像到它是悅耳的，能淨化心靈的。這些雖是動景，卻反映出環境的寧靜與作者內心的恬靜。這樣以動襯靜、寓情於景的手法，小作者運用得尚算自然。若小作者能在此多揮筆墨，如寫飛鳥的歌聲、樹葉沙沙作響，或能更添動感。

除此之外，小作者善用修辭，潤飾文章：分別用「雕塑」、「軍隊」來比喻「山坡」和「松樹」，貼切具體；「松樹背後隱藏着的是怎樣的世界」設問奇特，富有童趣；末段中三句「這一切……」排比句，增強語氣與表現力。還有，小作者用詞可見用心：「絢麗、雋妙、凜凜、威嚴、神秘、心曠神怡、賞心悦目」等形容詞，優美含蓄；「晴空、黎明的旭日、夜空的繁星」等名詞或短詞，精煉簡潔；「點綴、映襯、隱藏、奏鳴、淨化、流逝、延續」等動詞，生動細膩。

大部分香港的小學生觀察力不大敏銳，要他們寫出一篇描寫文，總令他們不知從何入手，惟有把眼前看到的東西記下來，這往往流於表面，欠缺層次感。

而這篇描寫文則嘗試以多感官描寫。小作者除了運用視覺觀察，還用聽覺及嗅覺感受大自然，描寫的角度尚算全面。可是，在靜態及動態描寫方面，小作者仍未能全面掌握。

若要提升這些寫作技巧，小作者應多做觀察：一方面運用感官「觀察」四周事物，從而培養觀察力；另一方面要「觀察」大量範文，從中學習寫作技巧，汲取描寫的素材和技巧。這樣，在進行創作時，既有豐富的題材，又掌握了技巧和詞彙，只要多加琢磨，定能寫出好文章來。

五光十色	絢麗	雋妙	心曠神怡	賞心悅目
點綴	映襯	淨化	潔淨	輕柔
清爽	倒映	幽靜	明淨	

精句收集屋

- 濃綠色的森林上是碧藍色的天空，不時有淡淡的白雲飄過，構成了一幅賞心悅目的水粉畫。
- 陽光透過樹冠的縫隙射了下來，像七彩的絲線放出奇異的光芒。
- 晨霧升了起來，給大自然披上了一層薄薄的白紗。

寫作練習坊

1. 湖面上 ______________ 的晨霧漸漸散了去，遠山 ______________ 在湖水中，好一幅湖光山色的風景畫，令人心曠神怡。

2. 山谷深處十分 ______________，有一股甘甜 ______________ 山泉噴流着，四圍空氣清新，沁人心脾。

學校：聖公會呂明才紀念小學
年級：小六
作者：劉思慧
批改者：楊冬梅老師

設題背景

為配合單元的教學，學生剛學了兩篇描寫文的文章，已認識寫景抒情文章的特點。所謂寫景抒情，就是通過對景物的描寫來抒發情感，達到情景交融的境界。此習作的設計目的，就是希望學生能結合情和景，嘗試寫出由景物觸發的感受和聯想。

寫作練習背景

1. 運用寫景抒情的方法。審視學生是否掌握所寫的「景」、所流露的「情」，這種融情於景的寫作能力。
2. 運用各種合適的修辭技巧。學生已學了各種的修辭技巧，如學生能運用適當的修辭，不僅令文字富有強烈的感情色彩，文中寫景的部分同樣可充滿感情色彩，這樣亦能使抽象的感情具體化。

今天，是香港入冬以來最寒冷的一天。冬天的天氣絕不會令人感到溫暖，可我卻最喜愛嚴寒的冬天，尤其是下雪的日子，從不會感到冰冷。四年了，我已未曾在山上玩雪……我非常懷念與媽媽一起玩雪球、堆雪人的日子。

記得四年前的一個冬天，我跟着媽媽回到北京。那時，北京的天氣十分寒冷，還下着雪，然而雪不算大，但漫天的雪花，十分漂亮。

黄昏時分，雪停了，地上換上白色的新裝，和天上紅紅的日落互相映襯着，頓時，冰冷的感覺消失了，我全身都感到十分溫暖。我獨個兒站在後山上，看着原來嫣紅的天，漸漸變得灰灰沈沈，此情此景，深深地刻在我的心中。

這種寂寞的感覺，使我想起母親，我連忙跑回家，投進母親的懷抱中感受着溫暖。那時的我像一個

點評與批改

- 小作者因今天寒冷的天氣而引發對故鄉下雪日子的懷念。冬天亦給作者與眾不同的感覺——溫暖。
- 小作者回憶四年前與母親回北京時，也正是下雪的日子。
- 描寫雪停後，黃昏迷人的景色。當中採用了對比手法，把地上的「雪白」與日落的「豔紅」作強烈的色彩對比；又把自己當時對周遭環境的感覺由「冰冷」到「溫暖」作了對比。
- 小作者由「景寫到情」，描寫自己躺在母親懷抱中，由此抒發了對母親的深厚感情。第三至第

嬰兒，被母親哄着睡覺。

四段的過渡銜接不明顯，宜在第四段開首加上「忽然」令結構更嚴謹。

母親，你是日落，我是雪地。當我感到寂寞時，只有你能夠在這寒冷的天氣下溫暖着我、伴着我。我愛冬天，因你永遠不會讓我感到冰冷。

小作者巧妙地運用了暗喻，「你是日落，我是雪地」，進一步讚美母親的愛。結尾再寫出冬天給作者的感受，達致首尾呼應。

小作者的感情伏線由冰冷的冬天，聯想到故鄉的雪景，再簡約地寫出雪停後黃昏的景致，從而想起母親，寫出母女之間深厚的感情，並對母親作出了讚美。全文脈絡算清晰，結構完整。

但第三段寫的是四年前的景物，第四段寫的是現在，中間並沒有任何轉折，令讀者感到含糊，如第四段開首加上「忽然」，則較清楚。

而小作者用了首尾呼應的手法，強調冬天從不會令她感到冰冷，令文章結構更完整，更緊密。

小作者能運用不同的修辭技巧增添文章的美感，如對比、暗喻等，運用恰當，尤其是暗喻「你是日落，我是雪地」，令人深深感受到小作者與母親的愛。

小學生寫作前宜多讀些範文，注意寫景的重點一定要跟抒發的感情有關，除了要寫出景物的特點外，還要寫出由景物觸發的感受和聯想，達致情景結合。

另外，學生可多用不同的修辭技巧，如擬人、排比、比喻等，以豐富文章內容。同時亦可恰當地運用插敘或象徵手法，均可令文章的感情色彩更見強烈。

紛紛揚揚	粉妝玉砌	凜冽	白濛濛
嚴寒	漫天	互相映襯	嫣紅
灰灰沈沈	寂寞	哄着	

精句收集屋

- 地上是厚厚的雪，樹枝上也是厚厚的雪，寒風凜冽，整個世界彷彿是一個天然的冷凍室。
- 小朵小朵的雪花，柳絮般地輕輕飄揚着，像由天而降的白色小精靈，漫天飛舞。
- 大雪過後，大地、平原、遠山都鋪上了厚厚的白氈，萬里江山，變成了粉妝玉砌的世界。

1. 鵝毛般的雪花 ________________，似銀花、似白蝶從空飄落下來，不一會兒，天地間變得白 ________________。

2. 雪後天晴，大地變成了 ________________ 的世界，孩子們紛紛玩雪球、堆雪人、打雪仗，開心極了！

21 我們的校園

學校：聖方濟各英文小學
年級：小六
作者：何其聰
批改者：阮椿堂老師

設題背景

訓練學生細心觀察、抓住景物特點描寫的能力，審查學生對寫景技巧的掌握。

寫作練習背景

1. 準確而具體地描寫出指定地方的景物特色。
2. 能運用多樣的描寫景物的寫作技巧。

習作正文

我們的校園坐落於九龍深水埗區，緊靠着已有五十多年歷史的著名教堂——聖方濟各堂。校門的牆上鑲嵌着「聖方濟各英文小學」八個遒勁有力的大字。

- 首段指出描寫地點。描寫準確清晰明瞭。

走進校園，展現在我們眼前的是一個鋪着混凝土的小操場。小操場的右面是雄偉的教學大樓，大樓

- 第二、三、四段運用步移法，逐步描繪出學校的面貌。

的正面朝東，米白色的外牆，給人樸素整潔、大方美觀的感覺。五層高的大樓共有十七間課室，二樓是教員室、電腦室……

小操場的左面是一個鋪了紅色膠板的大操場，而它們之間有一個講台，講台下有一道拱門，穿過拱門可以直達禮堂。禮堂裏有圖書館、音樂室……

大操場的左面是一個小山崗，我們稱它做「大石級」。「大石級」上矗立着一尊神聖的聖母像和一個十字架，周圍栽種了很多花草樹木。站在山崗下，你會聽到鳥叫蟲鳴。那裏還有一個小水池，裏面養了好幾條色彩斑斕的錦鯉，牠們自由自在地游來游去。這小小的魚池雖然比不上禮賓府的華麗，但卻給我們帶來無限的生氣。

- 運用對比法，寫校園的魚池，突顯其雖小卻充滿生氣的特質，簡單且自然。

多少個日子裏，同學們在這裏朝夕相處、共同努力。當上課鈴聲響後不久，課室裏就傳來琅琅的讀書聲和老師的講課聲。這些聲音如

- 末段以抒情作結，用詞造句都恰到好處，表達了小作者對校園的一份熱愛之情，真摯生動，令文章生色不少。

歡樂的清泉滋潤着我們幼小心田。小息鈴聲一響，整個校園頓時熱鬧起來，同學們談天的談天，玩耍的玩耍……歡笑聲久久地在校園上空迴盪。這就是我的校園，我愛我的校園。

總評及寫作建議

這篇文章以白描的手法去描述校園，沒有甚麼額外的修飾，只平平常常，直接地抒發感情，讓人有一份實而不華的感覺，與主題十分配合。稍嫌中間部分（第二及三段）的敍述有點瑣碎，若再簡單點會更好。

白描法是寫描寫文的一種常見的方法。

白描手法該是怎樣的？根據魯迅先生所說：「白描卻沒有秘訣。如果要說有，也不過是和障眼法反一調：有真意、去粉飾，少做作，勿賣弄而已。」簡單來說，即是直接與真。

運用白描手法的好處：

寫人可以簡單明快，如「裏面出來一個姑娘，約有十六七歲，長長鴨蛋臉兒，梳了一個抓髻，戴了一副銀耳環，穿了一件藍布外褂兒，一條藍布褲子，都是黑色鑲滾的，雖是粗布衣裳，倒十分潔淨」（《明湖居聽書》•劉鶚），只三言兩語，就把一個村姑娘的模樣清清楚楚地勾畫出來。

寫景方面，可以讓讀者閱讀時，在腦海中對該景物有一個較具體的印象，如看圖畫一樣。

遒勁有力	截然不同	纖細	滋潤	迴盪
琅琅的	鳥叫蟲鳴	色彩斑斕	自由自在	寬敞
平坦	聚精會神	乾淨整潔	奮發向上	茁壯成長

- 早上的陽光灑滿了校園，在寬敞明亮的教室內，同學們聚精會神地聽老師講課，像一隻隻小蜜蜂，在勤奮地採擷知識的花粉。
- 一年級時，剛進這個校園，只是一味的生疏；六年級了，準備要離開這個校園，卻只是一味的不捨。
- 在我的學校，在這忘不了的六年中，我擁有了許多無價寶：知識、關懷、友誼、快樂……

1. 當你步入校園，立刻會被這優美的環境所吸引：一排排小樹像士兵一樣挺立在 ________________ 的甬道兩旁；圓形的花壇裏 ________________，花兒們把醉人的芬芳灑滿了校園。

2. 學校的花園裏有一個菱形的魚池，裏面有許多 ________________ 的金魚，牠們在清清的水中 ________________ 地追逐嬉戲。

22 令人陶醉的河邊

學校：聖方濟各英文小學
年級：小六
作者：林于庭
批改者：阮椿堂老師

這是在完成「景物描寫」單元之後，為訓練學生運用所學的景物描寫技巧而設的題目。

1. 審查學生對寫景技巧的掌握。
2. 佈局謀篇的能力，有條理地運用空間法、感官法處理描寫的層次。

星期天，我去爺爺位於新界的家。一到爺爺家，表哥便帶我到河邊去玩耍。

- 首段點出描寫地點。

河的兩岸長滿了一簇簇高高矮矮的蘆葦，微風吹過，它們都被弄得彎了腰。蘆葦叢中還躲着幾隻青蛙，牠們「呱呱」地叫着，拚命地展露自己的歌喉。但是牠們一見到

- 這段以「擬人法」寫青蛙，生動又具體。

有人經過時，卻立即停止「演唱」；不過，只要人們一轉身，牠們又喧嘩起來。表哥取笑牠們好像是怕人家聽到似的。

數不清的蜻蜓，有紅的、黃的、白的，也來湊熱鬧，在空中振翅響起「嗡嗡」的「奏鳴曲」，像要和青蛙比拚呢！

- 形象地描寫蜻蜓，進一步渲染了河邊的熱鬧景象。

鳥兒在河面上盤旋着，一時飛高，一時又向下俯衝，好像一點也不累。別以為牠們在捕獵食物，其實是一羣羣地在表演「飛行雜技」呢！

- 運用空間法，描寫河面上的景象。

在清澈見底的河水中，可以看到一些小魚兒在游動，好不逍遙自在；偶爾看到一些大魚狂追着牠們，不時濺起點點水花，那場面真有趣！

- 運用空間法，描寫河水中的景象。

美麗的河邊，充滿了活力與生機，真令人陶醉！

- 以歸結點題法作結，重新點題——河邊是令人陶醉的。

總評及寫作建議

讀完這篇作文，給人一種很舒服、很輕鬆的感覺。文筆自然，運用空間描寫和感官描寫，使文章很傳神；文中的「青蛙」、「蜻蜓」、「鳥兒」和「游魚」都充滿動感，使生機勃勃的大自然景象躍然紙上。

描寫景物的方法有很多，本篇就是透過「聲」、「色」這兩方面，把景物描繪出來。透過五官感覺的描述，可以令讀者更對描寫物有更具體認識。此外，寫景物時也可注意以下各點：

一、注意景物因不同時段、季節、天氣所產生的變化。

二、要注意空間的排列次序，如由遠至近，由內至外，由大至小等。

三、要動景、靜景都寫，豐富內容。

杜甫的《絕句》一詩，是學習寫景的一個好例子：「兩個黃鸝鳴翠柳，一行白鷺上青天。窗含西嶺千秋雪，門泊東吳萬里船。」前兩句寫動景，後兩句寫靜態的景物。「黃」、「白」、「青」是顏色的描述，「鳴翠柳」是聲音；「西嶺千秋雪」是遠景，「門泊萬里船」是近景。這首詩可謂把寫景的方法集大成，是一個很好的範例。

一簇簇	偶爾	盤旋	逍遙自在	清澈
綠茵茵	樸實	閃爍	翩翩起舞	無憂無慮
陽光明媚	落落大方	競相綻放		

精句收集屋

- 萬縷柔光撒在小河上，給小河鍍了一層金，我瞇着眼睛，享受這一刻美景。
- 蜻蜓飛來了，落在池塘的荷葉上，把荷葉當成停車場。
- 小河的兩岸開滿了各色的野花，陣陣花香引誘蝴蝶和蜜蜂在花叢中翩翩起舞。

寫作練習坊

1. 我的故鄉有一條不算深的小河，水質 ________________ 見底，________________ 的魚兒暢游其間。

2. 我愛故鄉 ________________ 的小河。清晨，它像少女蒙上神秘的面紗，隱現在霧裏；中午，陽光照耀在它身上，河面 ________________ 着無數的銀光；傍晚，夕陽的餘輝灑在水面上，為它塗上世間最美的色彩。

學校：聖方濟各英文小學
年級：小六
作者：曹譯云
批改者：阮椿堂老師

許多小孩子對返家鄉別有一番感受，鄉間景象和自己生活的大都市景象有很大的對比，小學生對此一般都記憶深刻。選此題目旨在通過小學生對印象深刻的景色的描述，鍛煉描寫景物的能力。

寫作練習背景

1. 審查學生對寫景技巧的掌握。
2. 運用多種修辭手法，具體鋪排和描寫場景。

今天是和家人回家鄉江蘇省泰興縣的第一天，我認識了不少親朋戚友。

夜深了，所有人都睡着了，四周靜得可以聽到蟬的叫聲。可能是太興奮的緣故吧，我怎樣也睡不

- 這是過渡段，轉入到屋外散步的情況。

着，於是，我決定走到屋外呼吸一下新鮮的空氣。

當我走到屋後的院子裏時，才發現夜幕下的大屋別有一番景象。月光靜靜地鋪滿大地；褐紅色的屋簷襯托着白色圍欄上的藝術裝飾；綠色的線條像青竹蛇一樣爬滿了整個露台，予人很舒服的感覺。我偶然仰望天際，發現小星星一顆一顆地「走」出來。他們忽明忽暗的，像是在眨眼睛，像是在幫月亮姐姐照耀着大地，也像是為飛機師導航似的。突然，一團團「小燈光」把我圍住了。噢！原來這些「小燈光」是螢火蟲兄弟發出來的光！那些光一閃一閃的，弄得我頭暈轉向，於是我走到前院去逛逛。皎潔的月亮把前院照得通明，與後院截然不同。這裏堆放着一綑綑纖細的柴枝；我隨意把地上的小石子踢走，小石子發出了陣陣清脆的「呻吟聲」。走着走着，不知不覺便回到樓上了，燈光昏暗的走廊盡頭，有一個客廳。客廳的傢俱古樸，有

- 這段描寫的東西很多，宜劃分成幾小段，突出所寫的各部分內容。
- 比喻、擬人、排比等修辭手法，運用得很準確。

份說不出的典雅。我一屁股兒坐到一張酸枝椅上去，竟然感覺無比清涼舒適。此時，我不經意望出窗外，樹木隨風搖曳，落葉翩翩起舞……看着看着，眼皮不禁合上了……

夜幕下的大屋，給我一個很深刻的印象。它，像一個不畏苦難煎熬的巨人；像守護神一樣守護着大屋裏的每一個人；像天使一樣，把安全感帶給每一位家庭成員。大屋，謝謝你！

● 這一段抒發小作者對大屋的讚美，也令我們知道家在小作者心中的重要性。

這篇文章語辭運用得不錯，描述部分所用的比擬也很貼切。透過庭院、走廊、客廳等不同部分的描繪，反映出大屋的面貌，這種「分類描寫法」也甚可取。只是小作者有點貪心，第三段想寫的東西太多，所以有些地方顯得着墨不夠，點到即止，稍欠完整。如果集中寫一、兩樣東西會較好。此外，句子的轉接，也未夠自然。

要描寫文寫得好，必須學習選取描寫角度，從不同的角度觀察，就能較全面地反映描寫對象的不同面貌。此外，更可借用一些精要的字眼突出景物，例如「當風吹過時，竹海上湧着暗浪，一浪推着一浪，一直湧到很遠」(《竹林深處人家》• 黃蒙田)，這「暗浪」兩字，就突顯了竹林的氣勢。當然要遣詞造句方面得心應手，多讀別人的文章，多觀察，吸收別人的長處，是不能缺少的。

親朋戚友	煎熬	截然不同	纖細	搖曳
襯托	縷縷炊煙	瀰漫	綴滿枝頭	低徊盤旋
昏鴉聒噪	魚肥稻香			

- 故鄉的傍晚，紅日西斜，我漫步在蜿蜒的田間小徑上，四周瀰漫着泥土的清香，遠處房屋上升起縷縷炊煙。
- 家鄉的老屋子，像一位質樸穩重的老者，守護了家裏的幾代成員。
- 故鄉的老房子，傳統而古樸，青牆配紅瓦；微斜的屋簷下，燕子呢喃；庭院中不知名的滄桑老樹上，果實綴滿枝頭。

1. 今年暑假，我第一次回到江南的故鄉，不僅認識了許多 ____________ ，還知道了那裏是一個遠近聞名魚肥 ____________ 的豐裕地方。

2. 啟明星漸漸隱沒，東方出現了瑰麗的朝霞，屋頂上飄着縷縷 ____________，空氣中 ____________ 着輕紗似的薄霧。這就是純潔而美麗的鄉村早晨。

學校：聖安多尼學校
年級：小五
作者：王孜敬
批改者：梁老師

設題背景

描寫景物對小學生而言難度不小，假若全文只是以一個主體進行描述，難度更大。但是若能以學生所見所聞為題材，自然能引發學生寫作興趣，也不失為一個不錯的鍛煉。「夕陽」是學生每天遇見的景象，設本題目要求學生必須通過細膩的觀察，把夕陽的美描繪出來。

寫作練習背景

1. 能運用不同的修辭手法。
2. 能抓着景象的特點，聚焦地描寫。

天色漸暗。站在海旁，遠眺對岸的島嶼。它就像一個大舞台，島上高山一個接着一個的整齊地排列着，這些姿態萬千的舞者，擺出優雅的舞姿；天上白色的雲仙子，也被吸引過來，在空中一同起舞。在

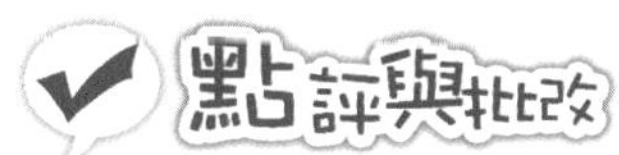

- 想像力豐富，能將島嶼比喻作舞台，將山嶺、白雲比喻作表演者，為小作者進一步聚焦描寫夕陽，拉開了序幕。

他們的引領下，今天的主角——夕陽出現了！

麻雀以「吱吱喳喳」的「歡迎曲」來迎接他。老鷹在他頭上盤旋，像在向他表示敬意呢！

從靜景描寫轉入對動物的描寫，配以擬聲詞的運用，令文章更為生動。

夕陽用璀璨的光芒照着海面上的浪濤。海面上忽然激起了小小的浪花，發出閃閃的金光，彷彿天上的繁星墜落下來。

很快很快，這場表演便要結束了，但夕陽沒有放棄最後的表演機會，他把自己的身體刺破，發出耀眼的光芒，照紅了整個天空；他把自己泡在大海裏，讓金黃的漿液流在大海裏，把整個海面染成金黃色。大自然的景象是多麼美、多麼精彩。

小作者緊抓夕陽最美的一刻，作詳細的描寫，將夕陽西下的具體景象活現紙上。

最後，夕陽墮進島嶼的背後，完成了他今天的表演，光芒也漸漸消失，冷寂的黑夜終於降臨了。但不要緊，因為夕陽告訴了我，他每天都會在這裏給大家進行精彩的表演。

小作者對夕陽西下，沒有一絲傷感，反而以期盼的心情，迎接明天的來臨，表現出積極向上情緒。

總評及寫作建議

文章能運用比喻及擬人的寫作手法，細緻地描繪夕陽西下的美景，其中以「遠岸島嶼」比喻作大舞台，令人印象深刻。另外小作者把快要消失的夕陽，比喻作快將刺破的球，既具體又生動，能夠把夕陽的光芒轉瞬即逝的感覺，表露無遺。

遠眺	姿態萬千	盤旋	冷寂	翻滾	壯美
燦爛	瞬息萬變	盪漾	蠕動	欣賞	傑作
紅潤	晶瑩	絕妙	宛然	波光粼粼	矯健

精句收集屋

- 霎時間，海上變了顏色，整個海面紅裏撒金，連海上的船舶都被鍍成了金紅色，海上的夕陽美不勝收，難以言喻。
- 夕陽像一把火，染紅了西山的晚霞，河水也一半是紅一半灰藍，真是「一道殘陽鋪水中，半江瑟瑟半江紅」。
- 太陽像火球，帶着無限留戀緩緩滾向碧海時，一道紅光在海裏盪漾，恰似一條金龍在那蠕動，壯麗極了。

我站在海岸邊 ________________，只見夕陽像火球漸漸滾向碧海，海面的色彩 ________________，晚霞像金龍一樣 ________________，變幻出七彩的光華。我一邊 ________________，一邊讚歎：這景象真是大自然的 ________________！

25 港大游蹤——春來了

學校：聖安多尼學校
年級：小五
作者：林曉彤
批改者：馮老師

設題背景

現今的城市人都太忙碌了，沒空去欣賞大自然的景物，更遑論讓本地的小學生寫一篇出色的描寫文。若能從小學教學入手，給予小學生相關的訓練，相信對他們日後寫作有莫大的裨益。本文小作者透過一次到香港大學的參觀活動，描寫了春天的景色，從而抒發對春天的情感。

寫作練習背景

1. 能運用空間順序，描寫景物。
2. 能運用擬人法描寫事物。

春天是充滿生機的日子。

- 文章開始便簡潔明快地點出主題，歌頌春天的來臨。

你看！眼前一片青葱，大樹的手正隨風擺動，輕快地揮舞着，像

- 描寫大自然中，樹木、小草等植物在春天時神態。小作者運用如「輕

是要歡迎春姐姐的來臨。土地上，幼嫩的小樹芽頑強地要把頭探出來，好讓自己能曬一曬太陽，呼吸一下新鮮的空氣。樹上長滿翠綠的葉子，葉子外表雖然兇惡，但只要你輕輕地撫摸一下他的肩膊，他就會乖巧地微笑起來，這證明了大自然並不可怕。

快地揮舞」、「頑強地要把頭探出來」、「乖巧地微笑」等擬人法。文章加入了大量擬人法後，景物更見傳神。

春天是充滿生機的日子。

- 運用「間隔反覆」的手法，加強文章的感染力。

草地上長滿各種顏色的花朵，她們有的嬌媚，優雅動人；有的害羞，儀態萬千。其中白玫瑰小姐是最高貴的，她穿着雪白的衣裳，活像一個不吃人間煙火的花仙子。在荷花池中，佈滿了蒼翠的荷葉，荷花在荷葉的襯托下，臉兒紅彤彤的，更顯嬌美。啊！有一朵嫣紅的荷花正含苞待放，簡直就是一個披着面紗的神秘女孩，叫人忍不住想看看她的真面目。

- 按「空間順序」的方式，逐項描寫事物。小作者把白玫瑰比喻為高貴的花仙子，正表現出小作者是由觀察入手，再加以想像及描寫。

春天是充滿生機的日子。

- 再運用「間隔反覆」的手法，作描寫景物時的分隔。

在大自然中，一股花香撲鼻而來，混和着泥土和清新空氣的味道，令人心曠神怡。遠處鳥兒「吱吱」的叫聲、「淙淙」的流水聲、蟬兒「知了知了」的叫聲，混合在一起，不正是一首悅耳的樂曲嗎？

- 能運用多感官的描寫手法，透過嗅覺及聽覺，描寫事物。

春天是一個生機勃勃的季節，是一個萬人喜愛的季節，是一個美好盡在不言中的季節。

- 能呼應首段，簡單作結，歌頌對春天的喜愛。

能捕捉春天的美態，分別從視覺、聽覺和嗅覺去感受春的來臨。另外，亦能善用擬人法及比喻句，把大樹、小草和花朵寫活了！小作者把內心感情融入景中。尾段能呼應首段，以「盡在不言中」作結，給人有「言有盡，而意無窮」的感覺。

詞彙百寶箱

青葱	擺動	揮動	頑強	嬌媚
優雅	害羞	儀態萬千	嫣紅	含苞待放
生機勃勃	萬紫千紅	春雨瀟瀟	煥然一新	輕盈

- 可愛的春姑娘邁着輕盈的步子來到人間，一片生機的景象便隨之出現在四面八方。
- 山桃花展瓣吐蕊，杏花鬧上枝頭，梨花爭奇鬥豔……
- 樹木不聲不響地抽出新的枝條，長出了像小草一樣的新芽。
- 春天是個五彩繽紛的季節，天空的顏色是湛藍的，太陽的顏色是橙紅的，樹葉的顏色是嫩綠的，雲朵的顏色是純白的。

1. 春天是一個 ________________ 的季節，大地 ________________ 一新，花草樹木 ________________ 萬千。

2. 春，是個活潑、機靈的小仙女，她揮一揮手，草木變得 ________________；她吹一口氣，大地變得 ________________。

26 港大游蹤——串錢柳

學校：聖安多尼學校
年級：小五
作者：葉盈
批改者：馮老師

很多小學生在寫作的時候，沒有真實的體驗，只是憑想像而描述。小作者透過一次實地考察，仔細觀察沿途的事物，具體地描寫大自然各種動植物的形態。

寫作練習背景

1. 描寫事情時能圍繞中心。
2. 採用擬人化的寫作手法。

今天早上，中文科老師帶我們到香港大學進行户外學習，去感受一下大自然的美態。

- 開門見山，點出主題。

我們走過小徑，沿途看見各種有趣的樹木，例如鳳凰木、豬腸豆、台灣相思和串錢柳等，都發出

- 擬人化的描寫，生動引人。

陣陣的清香，令人精神一振。當我們來到陸佑堂附近的空地時，只見空地上的花朵活像可愛小女孩的臉頰，紅彤彤的，十分漂亮。我們還看見一個健壯的男兒——石栗樹，他站在空地的中央，像要保護着園內的所有植物。

在眾多的植物當中，我覺得串錢柳是最愛美的。她活像一位美少女，腰子幼幼的，頭髮長長的，樣子十分漂亮。當微風吹過，她的秀髮就會微微地被吹起來；微風過後，她就會把秀髮弄得貼貼服服地垂下來。

能善用擬人法，仔細地描寫串錢柳的美態，也能具體地寫出大自然各種動植物。其中「腰子幼幼的」為香港口語，宜改為書面語「腰身細細的」。

到了荷花池，我看見池中有很多魚兒在游來游去。突然一條魚兒跳出水面，接着又「撲通」一聲跳下水裏，頓時令水面出現了粼粼的波紋。坐在濃密的大樹下時，我可以靜靜地聆聽小鳥吱吱喳喳地唱歌和蟲兒的鳴叫，也可以嗅嗅花兒芬芳的香氣，景色是多麼的怡人啊！

大自然啊！你把花草樹木、動物魚蟲塑造出獨特的形象，讓人們由衷地讚美你。美麗的大自然，我喜歡你。

總評及寫作建議

很多同學在寫作的時候，描寫的是真實的經驗。小作者透過一次實地考察，仔細觀察沿途的事物，能夠具體地描寫大自然各種動植物的形態。本文以步移法寫出大學的美景，並用擬人法，仔細地描寫出了寫串錢柳的媚態。

窈窕俊美	紅彤彤	綠油油	沈甸甸	嬌嫩
精神一振	濃淡相宜	飄逸秀美	嫣然	斑駁
素雅	大方	濃郁	繁茂	宛如
芬芳豔麗	繽紛競彩			

- 這棵大榕樹的氣根從兩丈多高的樹幹上垂下來，紮到地下，三五十根粗細不等，簡直成了一架巨大的豎琴。
- 在初春的暖風裏，滿天飄着梧桐樹毛茸茸的黃色飛花，像天上落下了奇異的雪。
- 鳳凰樹的花盛開時，一朵鳳凰花就像一小團火焰，一樹鳳凰花就像一支燃燒的火把，燦爛奪目，照得整條街都紅彤彤的。

寫作練習坊

1. 那 ________________ 的樹影清晰地投在小路上，好似一幅幅濃淡 ________________ 的水墨畫。

2. 桂花是那麼 ________________，那麼的大方，那麼充滿生機，叫你不能不刮目相看，特別是它的 ________________，薰得人都要醉了。

3. 水仙那碧綠的葉子微微捲曲着，襯托着像由白玉雕琢而成的花瓣，________________ 水中的仙子 ________________ 玉臂。

27 家中的「寶貝」

學校：聖安多尼學校
年級：小五
作者：曾珞瑤
批改者：本校老師

設題背景

人物描寫的手法可說是一種基礎寫作訓練。在小學階段，學生會不斷反覆練習記敘人物和描寫人物的寫作技巧。這篇文章是讓學生在螺旋上升的學習方法下，運用不同的寫作手法，表現出綜合的寫作能力。

寫作練習背景

1. 能運用人物對話描寫表現人物的個性。
2. 能運用側面描寫技巧，通過事例，突出人物形象。

習作正文

在我家中有「寶貝」之稱的，就是我的堂妹，她名叫珞妤，但我卻叫她「米米」。

米米是個約一歲大的嬰兒，去年暑假的時候，她的父母往加拿大

點評與批改

- 文句簡潔，能點出文中的主角——「寶貝米米」，並透過簡單的稱呼，交代了米米與小作者的關係。

做生意，又不能帶米米同去，所以她就住在我家了。米米圓圓的臉蛋紅紅白白的，她那累胖的身軀跑跑走走時，會逗得旁人哈哈大笑。

每當我回家的時候，我都會抱抱她來親一下，媽媽還把幫米米洗澡的「重任」交給我，記得我第一次幫米米洗澡時，她哭了，還「喔喔」地叫呢！當然了，她是「屬雞」的嘛！翌日，姑姐來拜訪我們，還送了一個小雞玩偶給她呢！她有時候會捧着「小雞」，高興地走進我的房間說：「喔喔。」這時候，我會立刻抱起她，把她放在我的牀上，她就呼呼大睡了，她睡覺的樣子，真是滑稽極了。久而久之，米米去哪兒都和我一起。但是，可愛的米米也有搗亂之時。剛和她熟絡起來，是放完暑假升上五年級的時候。我每天去上學，剩女傭和她在一起，當她見不到我時，便嚎啕大哭，旁邊的人怎樣哄也沒有用處，菲傭也被她弄得束手無策，直至我

- 透過外貌的描繪，塑造米米活潑可愛的形象，為後來米米撒嬌的行為埋下伏筆。
- 此段通過記述生活趣事，突出米米的形象，同時表達出作者和米米在朝夕相處下，已慢慢地培養出真摯而深厚的情感；小作者更巧妙運用人物的對話，將小作者和米米二人天真率性的小孩子形象表露無遺。

回家。我「賄賂」她說：「米米，如果你要波板糖的話，便不可以哭喔！」這時，她立即住聲了，並且微微地笑起來，真可愛。

米米帶給我們無限歡樂，她的小動作和表情常常令人捧腹大笑，又或是令人啼笑皆非。我們全家人都把米米看作掌上明珠，不過，爸媽並沒有忽略了我，對我的關懷仍無微不至，我亦把米米當成自己的妹妹一樣看待。

後來，叔叔說要把她接回加拿大，她離開的時候，我真不捨得。希望日後叔叔和嬸嬸能回香港，並且和米米一起出席我的畢業禮！

一定要來喔！米米！

- 以米米回到加拿大作結局，自然而流暢。句子含蓄而有力，充分表現出小作者和米米二人的感情，回應了文中「寶貝」的題旨。

題目「寶貝」兩字，既能表達家人和小作者對米米的呵護，亦突顯了米米天真活潑的形象。小作者以日常生活事情作為文章的素材，在平凡的小事中，找出有趣的片段，使文章更具人性化，增加了文章的感染力，讓讀者更容易產生共鳴。惟文章描寫米米的外貌那一小段，畧嫌簡單，若能更詳加描寫，則更能表現出米米的形象。

掌上明珠	無微不至	捧腹大笑	啼笑皆非	熟絡
束手無策	伶牙俐齒	聰明伶俐	牙牙學語	白白胖胖
滑溜溜	頑皮	香甜	撒嬌	嚎啕大哭
淚汪汪	笑瞇瞇	咿呀	胖墩墩	搗亂

- 我的表弟不到一歲，他胖墩墩的，正牙牙學語，非常討人喜愛。
- 我的堂妹小米，聰明伶俐，是家人的掌上明珠；她時而乖巧，惹人憐愛；時而頑皮，叫人氣惱，真令人束手無策！

寫作練習坊

1. 表妹米米長得 ________________，皮膚 ________________，圓圓的臉蛋像粉紅的花瓣，總是笑 ________________ 的，十分可愛。

2. 美美四歲了，她 ______________________，很乖巧，是父母的 ________________。

學校：德望學校（小學部）
年級：小六
作者：余芷晴
批改者：黃嘉莉老師

配合單元教學，要求學生選取一處熟悉的環境，再配合相關的人和事作穿插，寫成一篇描寫文。

1. 能寫成流暢的描寫文。
2. 能善用觀察，並把人、事、景物作深刻細緻的描述。
3. 能運用生動形象的語言，把景物的性質特徵，具體地描寫。
4. 能善用各修辭技巧：擬人、對比、襯托……進行寫作。

小時候，我家住在西貢，跟海相距不遠。

最巧的是，我愛極了跟海洋作伴，所以沿海漫步就成了我每天的消閒活動。每天黃昏時分，外公總

- 第二段中，小作者利用白描的手法，把西貢海岸的景色，呈現讀者眼前。描寫尚算細緻，這一切美好景致的中心就

是牽着我柔嫩的小手，一邊踏着軟滑的細沙，一邊説説笑笑，唱歌猜謎，互訴心事。那一帶有不少白色的水鳥在附近棲息、盤旋。水鳥偶然發出的「嘎嘎」之聲，又或者海浪拍打在礁石上的「嘩啦」聲，才會劃破這一刻特有的寧靜。蔚藍的天空、形態萬千的白雲、火紅的太陽、清澈的海水，還有沈醉於愉快談話的倆爺孫，構成了一幅清恬怡人、令人心曠神怡的醉人美景。

是那「愉快談話的倆爺孫」，小作者以襯托的寫法來點題，處理手法可圈可點。

回家的路上，我和外公總會經過一條美麗的小徑。路旁長了許多杜鵑花，襯托着碧綠的葉子，煞是好看。多棵大樹矗立在小徑旁，只見古木參天，一樹茂密青翠的綠葉在風中婆娑起舞，令人有一種渾然忘我的感覺呢！不管是成年人或是小孩都愛坐在大樹下的長凳上，乘着習習涼風，享受那種頓時從憂慮中解脱出來的快感。偶爾，我和外公會繞路到一片大草地去，在柔軟的草地上午睡，消磨一整個下午。

「回家的路上……解脱出來的快感。」一段中，小作者運用了移步觀察法，寫小徑、寫杜鵑、寫古木、寫人物，層層有緻，條理分明。

後來，我們從寂靜的西貢搬到喧鬧的市區，繼而外公逝世，我就再沒有重遊那個老地方了。

● 此段在文中起轉折的作用，段落則嫌略短，限制了發揮，文句再加潤飾，可更營造人隨境遷的情懷。

在一次偶然的機會下，我又重回故地。可是，當我看到眼前的景象時，我不禁「啊」的一聲叫了出來：大草地消失了，換來的卻是一堆堆塌下來的瓦片；美麗的小徑不見了，已改建成一幢幢的私人洋房；海水不再清澈，早被污染，海面上還浮着不少的垃圾。這一帶變得喧鬧擾人，再也找不到昔日的那份閒適。這一切令我有點失落，也勾起了我對外公牽腸掛肚的思念，也在這一刻，我明白到雖然這裏的一切都成了滄海桑田，但正因為這些改變，令我更加珍惜外公和我在這裏一起相處的那些日子——惟一不變的是我對外公的懷念。

● 善用排比句，予人步步進逼的感覺。

● 用對比法，帶出時過境亦遷的失落，但筆鋒一轉，小作者又立時從已成滄海的桑田中領悟出永恒不變的思親情意。

那以後，每當有空，我總會重遊這個地方，或到海邊漫步，或享受那種不是因暢泳帶來的舒暢，還會細細回味在這處發生的點點滴

● 以抒情的手法及想像結束文章，感染力強，亦能予讀者餘音嫋嫋的印象，是很不錯的收筆。

滴。這個時候，我彷彿看到外公高大的身影，笑嘻嘻地正張開雙手，朝我走來……

老師要求同學選取本港一處景物作細緻的觀察，繼而作具體的描寫。小作者筆觸成熟，內容鋪排尤見出色，由客觀世界到主觀世界，再返回客觀世界的處理，層次分明，善用敘事、寫景的手法，把爺孫相聚的點滴往事，娓娓道來。

對小學生來說，這是一篇相當成熟的作品。「為情而造文」(《文心雕龍・情采篇》・劉勰），劉勰認為天下文章應先有真情方可動筆以抒懷。小作者在本文中即做到這點。借景抒情、借景懷人，先寫景——描寫西貢昔日的面貌（包括水鳥、海浪、小徑、杜鵑花、古木、草地，以至長凳上的村民），後抒情——抒發對外公的懷念；再而寫景——寫出早已今非昔比的西貢，再而抒情——指出「惟一不變的是我對外公的懷念」。情景交融，也寫景，亦寫人，層層有序，確是佳作。

棲息	清恬怡人	心曠神怡	習習涼風	渾然忘我
牽腸掛肚	婆娑起舞	滄海桑田	回味	閒適
鶴髮童顏	老當益壯	慈祥	眉飛色舞	津津樂道

- 晚上，涼風爽爽，我在海邊散步，這裏並不靜寂，海浪猛烈地拍打着礁石，擊起了美麗的浪花。
- 月亮圓得像個銀盤，天空一片明淨，大海伸開去，彷彿披上了一張巨大的銀被。
- 外公是個非常慈祥的老人，一說起他年輕時的事情就眉飛色舞，我對他講的故事總是聽得十分入迷。

寫作練習坊

1. 我十分懷念小時候同外公一起生活的日子，我記得那時的外公鶴髮＿＿＿＿＿＿＿＿，我們爺孫倆是無話不談的「知心好友」，外公經常＿＿＿＿＿＿＿＿地給我講他的往事，而我也聽得津津有味。

2. 夜晚，海上吹來＿＿＿＿＿＿＿＿涼風，＿＿＿＿＿＿＿＿的外婆拖着我的小手，漫步在海邊；那段時光是最令我＿＿＿＿＿＿＿＿和難忘的。

29 水鄉情懷

學校：德望學校（小學部）
年級：小六
作者：賀心俞
批改者：黃嘉莉老師

着學生選取香港的一處名勝，進行景物描寫，從而提升學生觀察能力、描寫之技巧，並加強學生對香港本土文化（歷史、民生、源流、變革……）的認識。

1. 能處理景物描寫。
2. 有遣詞造句的能力，能對景物作細膩勾畫。
3. 在描寫時，能善用不同的技巧：白描、細描、多感官描寫……如有需要，亦可加插主觀描寫。

香港是一個繁榮的國際都會，每年都吸引世界各地的遊客到這兒一遊。在繁華璀璨的另一面，原來香港也擁有許多別具特色的旅遊勝地——大澳，一個滿載風情的水鄉。

- 選大澳為題材，指出香港也有寧靜致遠的一面，能引人入勝。

大澳不只是一個寧靜的水鄉，也是一個擁有不少文物古跡的優雅地方。它位於大嶼山西南方，三面環山，西面向着伶仃洋，是香港境內最偏遠的漁村。

- 先交代大澳的地理環境，令文章順利過渡，展開自然。

大澳擁有「香港威尼斯」之稱。河道縱橫，漁艇穿梭，頗具水鄉風情。在這裏，許多居民都是漁民。因為大澳臨海，所以海鮮產量亦十分豐富。當地盛產的以海鮮製成的地道風味小食，如炭燒瀨尿蝦、炭燒魷魚、大澳鹹魚、砂爆魚肚等，都令人食指大動。

- 由於大澳「臨海」的關係，因此河道縱橫成了大澳的面貌，海鮮小食成了大澳的特產，背景交代清晰。

除了食物外，大澳的建築也十分獨特。那裏有一條歷史悠久的龍田村，村內的屋舍古意盎然，極具特色。獨具建築風格的棚屋也在大澳出現，那兒的居民不太喜歡在陸上生活，反而喜歡住在用木柱支撐的棚屋，十分有趣！

- 選取建築物——村屋、棚屋來進一步描畫大澳的面貌，原是不錯的選擇。惟本段中勾勒未夠細膩，未有將村屋的形貌、棚屋的獨特外型描畫清楚，很是可惜。

大澳被稱為「香港威尼斯」，景色當然馳名中外。這兒風景優美，遠離塵囂。當你靜靜坐在岸邊，整個海景便盡入眼簾。那裏有一望無際的大海，極目遠眺，令人心曠神怡。這遠離塵俗的樂土，更吸引了不少畫家假日到這兒寫生畫畫。

我喜歡在假日坐在大澳海邊，細聽海浪的細語。大澳就像一把開啟心靈的鑰匙，讓你把壓力全然釋放，令人感到身心舒暢。

- 段落雖短，但用詞頗見心思。把大澳比作開啟心靈的鑰匙，把自然景物和城市人連繫起來，處理不錯。

那裏的居民亦相當熱情，如果想欣賞大澳的風光水色，不妨租用當地居民的漁船，請他們引領你穿梭水鄉，遊歷美不勝收的風景，必定會令你歎為觀止，陶然忘憂。此外，大澳也是一個擁有優良自然地理環境的地方，空氣清新，十分適合人們遊覽。

在大澳享受臨岸觀海的閒情，一定令你樂而忘返。只可惜在香港，許多擁懷舊風情的地方都面臨被拆重建的命運，儘管如此，我仍希望大澳的獨特風韻永遠能得以保存。

- 以抒情語調結束本文，在陶醉於大澳風情之同時，也想到她的明天，未知會否被文明所掩蓋，令上文的描寫更具情味。

本文能切合命題寫作，文句流暢，選材亦佳。以海鮮小食、建築物、海景、河道來呈現大澳的面貌，可謂全面。文末提及「許多擁懷舊風情的地方都面臨被拆重建……」，並以此作文章的收筆，引人，意境亦遠。

本文結構嚴謹，鋪排有序；體裁雖定為描寫文，寫作手法卻可更靈活，如小作者能投放更多的情感，在文章中加入更多抒情的成分，便可融情入境，令文章更具感染力。小作者對事物的觀察，亦見用心，但在描寫技巧方面，仍要再作琢磨、鍛煉。文中白描手法居多，宜多運用修辭技巧，以細膩筆觸勾勒景物的特徵。

別具特色	璀璨	優雅	塵俗	馳名中外
一望無際	極目遠眺	風情	樂而忘返	淳樸
盤旋	靜謐			

- 透着曙光的海面上，清晨捕食的鳥兒低空掠過，前方有數隻帆船飄飄盪盪。
- 微風簇浪，輕輕搖動着停靠在港灣的小船，像是母親在為嬰兒催眠；遠處燈火點點，好似頑皮的星星在夜空中眨眼，漁村的夜，格外的靜謐，格外的迷人。
- 前方一片紅樹林的上空，可看見小白鷺在盤旋，遠處是一望無際的長海堤。

寫作練習坊

1. 暑假的一天，我來到 ________________ 的大澳，那裏有「香港威尼斯」之稱，風景 ____________________，整日下來，我真是 ________________。

2. 波光粼粼的海面上，有海鳥在 ______________________，________________ 的大海，有許多船隻在飄飄盪盪。

30 我的祖母

學校：德望學校（小學部）
年級：小五
作者：黎恩瑜
批改者： 黃嘉莉老師

設題背景

提升學生描寫人物的技巧，鼓勵學生從多角度（人物的外貌、行為、態度……）進行描寫。

1. 能運用貼切的詞彙進行描寫。
2. 能觀察入微，以免下筆時流於粗疏。
3. 能處理外貌描寫、語言描寫、行動描寫，令人物更鮮明。
4. 能藉交代人物的特點（如令人敬佩之處、令人難忘之事……）來帶出本文的寓意。

「家有一老，如有一寶。」我家之寶就是從我嬰孩時已開始照顧我的祖母。祖母雖已年屆七十，但仍長着一把烏黑的頭髮。歲月雖在她的額上留下幾道痕跡，但她依然

● 以一句常用諺語作文章的開端，點題明快。描述祖母的外貌，並寫出她幹勁十足的面貌。惜本段對祖母的外貌描繪，仍嫌未夠細膩，若能以祖母的特徵作進一

幹勁十足，走起路來更是健步如飛。

步的描畫，祖母形象將更具體，或可收先聲奪人之勢。

祖母為人善良體貼，從不與人斤斤計較。有時候，我家髒了，她會為我們清潔打掃。媽媽忙碌的時候，她會為我們燒飯。而她的廚藝更是了不起，她做的飯菜我們每次都吃得津津有味，齊聲叫好。此外，她對各種湯料的功效亦十分熟識，經常為我們送上美味滋潤的「湯水」。記得我在四歲時患上水痘，祖母悉心地為我烹調一些特別的湯水，使我減少痕癢，結果很快就康復過來。

舉出日常生活的事例，帶出祖母與家人關係的密切。

祖母是個很節儉的人，生活簡樸。別人用完即棄的膠樽，她從不棄掉，卻把它們洗擦乾淨，循環再用。她亦從不浪費食物，常說：「做人須有衣食，切勿暴殄天物。」對於金錢的運用，她更是本着「應用則用，無謂的不會胡亂花費」的原則。我想起自己曾被同學嘲笑的吝嗇性格也是受她的熏陶吧！

「循環再用」在祖母眼中根本不是甚麼新奇事物，亦提醒大家生活簡樸根本就是上一代奉之如飴的生活態度。本段末再加上一句：「我想起自己曾被同學……」更令讀者發出會心的微笑。

祖母是位虔誠的基督徒，每逢星期天都會到教會參與主日崇拜。她很熱心教會的活動，也常參與義務工作。祖母幾乎擁有中國女性的所有美德：溫柔賢淑、平易近人、吃苦耐勞……但最令我敬佩的是她那好學不倦、堅毅不屈的精神。她從未受過教育，但經常向人討教，無論是字彙、健康常識、家居常識或是社會時事，都不恥下問，務求豐富自己。此外，她很喜愛收聽電台廣播節目，因此能做到足不出户，而能知天下事！

- 本段側寫祖母的平日生活，可見小作者和祖母關係的密切。她知道祖母除到教會崇拜外，還會參與義務工作；她有好學不倦的求學精神，向人討教的範圍甚廣，包括健康常識、社會時事……總括這段內容，仍嫌敍事成分過多，因而忽畧描寫的元素。

除了爸媽以外，祖母是我的另一盞明燈。她常常教我處世做人的道理，常說：「人生少不免會遇上挫折，我們必須勇敢面對，絕不能輕言放棄。能夠在逆境中力爭上游的人，方可稱為人上人。」

祖母對我無條件的愛，就如她的「湯水」，讓我再三回味；她的訓誨更如暮鼓晨鐘，鞭策我向前邁步。

- 湯水畢竟是物質的，而訓誨卻是精神的，可見祖母為家人提供的，既可養活身軀，也能滋潤心田，是很不錯的收筆。

本文是人物描寫，但描述並不限於人物的外貌，小作者能以不同的事例作穿梭，突顯祖母和家人的融洽關係、祖母的儉樸，最後更以祖母常參與義務工作、向人討教來交代祖母的熱心公益及好學不倦的積極人生。可見小作者取材全面，試圖從不同的角度來介紹主人翁。

文中描繪祖母外貌的一段略嫌不足，亦欠具體細緻，以至祖母的形象略呈模糊，另外如多用插敍，進一步交代祖母的為人性格，文章的內容將更豐富。

健步如飛	斤斤計較	毫無怨言	節儉	簡樸
熏陶	平易近人	刻苦耐勞	處世做人	再三回味
訓誨	暮鼓晨鐘	硬朗	鞭策	處之泰然
平心靜氣	和顏悅色			

- 外婆是一個熱心、善良的人。她勤儉成習卻決不吝嗇，若是誰有難處，她總是熱情相幫。
- 祖母善良慈祥，愛親人，愛所有的人。她心甘情願把生活中的一切壓力都承擔下來而毫無怨言。
- 祖母不高也不矮，身體硬朗着呢！她常穿着一身黑白格的衣服，每天忙裏忙外的，總是閒不住。

寫作練習坊

1. 我的祖母將照顧家人的責任 ________________ 地承擔下來，她吃苦耐勞，面對困難 ________________ ，是我生活中的「指路明燈」。

2. 外婆的身體很 ________________ ，她每天忙裏忙外的，總是閒不住。她自己雖沒讀過書，但她明白知識的重要性，所以總是 ________________ 和鼓勵我好好學習。

銘謝

《作文教室》編輯部由衷感謝下述　小學
之鼎力支持和誠意配合本叢書的出版

協恩小學附屬小學

油蔴地天主教小學

油蔴地天主教小學（海泓道）

保良局錦泰小學

香港培正小學

番禺會所華仁小學

聖公會呂明才紀念小學

聖方濟各英文小學

聖安多尼學校

德望學校（小學部）

（排名不分先後，以學校名字筆畫數為順序）